수고했어, 오늘도

한 달에 한 번 직장인 여행 프로젝트

수고했어, 오늘도

엄지사진관
지음

팬덤북스

Prologue

그럼에도 불구하고 내가 여행을 다니는 이유

어릴적 한 번도 장래 희망란에 회사원을 적은 적이 없는데
지금 나는 누구보다 평범한 회사원으로 살고 있다.
남들과 다르게 살겠다던 꿈을 꽤 오래 꾸었지만
특별함과는 거리가 먼 삶을 살고 있다.

꼭 나만큼 특별한 사람은 세상에 많았다.
어쩌면 모두가 그만큼은 특별한지도 모르겠다.

퇴근길, 그런 생각을 해 본다.
우리는 긴 시간
회사원이 되기 위해 훈련받은 존재들은 아닐까.

어쩌다 우리는
매일 정해진 시간에 일어나
비슷한 표정을 하고
어제와 같은 밥을 먹고
종일 일만 하다
집에 가는
기계가 되었을까.

달력을 보다 화요일이면
아직도 그것밖에 안 되었느냐고 버럭 화를 내기 일쑤지만
한 달, 일 년은 금세 지나가 버린다.

한 달에 한 번 스쳐 지나가는 월급이
그저 감사한 회사원이지만
그럼에도 나는 떠날 수밖에 없었다.

소중한 사람들이 하나둘 떠나가는 모습을 보며
오늘이라도 잘 살아야겠다고
지금 할 수 있는 것에 충실하자고 마음먹었다.

돈이 많아서도 여유가 넘쳐서도 아니다.
한가하거나 특별함을 자랑하기 위해서도 아니다.
오해 없길 바란다.

아무리 살기 힘들어도

지금 할 수 있는 것들

지금이 아니면 할 수 없는 것들이 있다.

그게 무엇이든 돌아보았으면 좋겠다.

.

.

.

.

이번 달도 잘 버텼다.

CONTENTS

PART 1 희(喜)

회사 생활 에피소드

여행지 에피소드

PART 2 노怒

회사 생활 에피소드

여행지 에피소드

PART 3 애[哀]

회사 생활 에피소드

여행지 에피소드

PART 4 락樂

회사 생활 에피소드

여행지 에피소드

PART 1

회사 생활 에피소드

여행지 에피소드

인생에서

스쳐 지나가는 것은

비단 썸남만이 아니었다.

입사 후

한 달이 지나 받은

첫 월급.

인턴과 아르바이트를 하면서도 받았지만
4대 보험이 적용되는 것은 처음이었다.

밀린 카드값
학자금 대출
교통비
나도 모르게 빠져나가는 세금까지.
들어오기까지는 한 달이 걸렸는데
나가는 것은 순식간이었다.

기대가 컸는지
생각보다 적은 액수에
풀이 죽어 집으로 들어가는 내게
정말 열심히 계획했다며
엄마가 내민 쪽지 한 장.

할아버지 105

할머니 100

아빠 105

엄마 100

……

이하 명단 생략

적던 많던

첫 월급은

가족과 주변의 고마운 사람들에게

다 써야 한다며

엄청나게 많은 속옷 사이즈를 적어 놓으셨다.

(내가 챙겨야 할 가족이 이렇게나 많았다니)

월급이 들어오면 보통 카드 회사가 다 가져간다던데

첫 월급은 가족들이 다 들고 가는구나.

평화로운 점심시간 _feat. 입사 동기

제안서 2개 쓰면 달이 바뀌고
제안서 10개 쓰면 계절이 바뀌고
그러다 보면 한 살 먹는 것도 금방이다.

가끔 회사 동기들과 점심을 먹게 되는데
다들 내가 아는 그 사람이 맞나 싶을 때가 있다.

신입 사원 연수 때의 초롱초롱했던 눈망울은 어디 가고
동태눈과 다크서클이
어깨에는 천근만근도 더 돼 보이는
근심 걱정을 달고 나온다.

불과 몇 달 전만 해도
젊음의 패기로 같이 등산도 가고
목청껏 구호를 외치던 우리가
어쩌다 이렇게 되었을까.

드라마에서 보던 회사 풍경은
드라마니까 가능한 것이었을까.
모여서 한다는 이야기가
어쩐지 씁쓸하다.

아메리카노는 회사 옥상에서 여유롭게 마실 줄 알았는데
현실에서는 반쯤 나간 정신 줄, 그마저도 놓치지 않으려 마신다.

회의는 짧고 굵게 하고 각자 자기 일하기 바쁠 줄 알았는데

회의만 하다 하루가 다 간 적도 있다.

아이패드는 회사 생활에 필수 아이템인 줄 알았는데

하긴 패드가 있긴 해. 노트 패드.

'연간 사업 계획', '분기별 실적 예상', '주간 업무 계획'……

계획적인 곳인 줄 알았는데

왜 점심 메뉴는 고르질 못하니.

점심 먹고 둘러 앉아

회사 얘기하다

상사 얘기하다

신세도 한탄하다

넋두리도 좀 하다

그렇게 몇 바퀴 돌다 보면

하도 욕을 해서 밥 안 먹어도 남산만큼 부른 배가

다 꺼져 있다.

그럴 때 동기가 차장님 성대모사로 마무리를 해 주면
다들 어깨를 들썩이며 천진하게 웃는다.

역시
동기 사랑.
나라 사랑.

다음은 내가 첫 회사에 들어가기 전
공적인 자리에서 사적인 질문이 들어올 경우를 대비해
미리 준비해 놓은 답변이다.

주 량

면접에서 물어보면 무조건 잘 마신다고 했다.

- 참이슬 두 병은 거뜬하게 마십니다!

진심 오버였다.
주량은 '적당히' 마신다고 하는 게 최고.

괜히 잘 마신다고 하면
여기저기 불려 다니느라
퇴근 후 자기 시간은 꿈도 꾸기 어려워진다.

애 인

숨길 필요는 없지만
오지랖이 넓은 선배 앞에서는 말을 조심해야 한다.

있으면 사진 보여 달라 하고
없으면 젊은 나이에 뭐 하는 거냐 하고.

도대체
어쩌라는 거니.

집

부득이한 경우가 아니라면
자취 중임은 굳이 밝히지 말 것.

회식 자리에서 빨리 빠져나오고 싶다면
집이 멀다고 하는 게 장땡!

어디 사는지
애인은 있는지
주량은 어느 정도인지

이런 질문들에
답변을 준비해야 한다는 것이
가끔은 서글퍼진다.

돈은 왜 벌까?

- 돈을 왜 벌까?

하고 친구에게 물으니

- 밥 안 먹고 싶나?

한다.

그래. 살면서 내 밥값은 해야지.

가끔 기분이 좋은 날

회사 생활을 하다 보면
365일 중에 360일이 울상이지만
목요일만 되면 아드레날린이 분비되고
금요일만 되면 뭐든 좋다.

그래도 가끔 기분 좋은 날을 꼽으라면

'팀장님 휴가'.

여기에 직속 선배까지 휴가라면

사무실이 곧 휴양지.

자리에서 시원하게 방귀를 껴 본다.

똑똑한 울 할매의 보이스피싱 퇴치법

1.

낚시꾼 : 손녀가 이번 학기 등록금을 미납했습니다.

할머니 : 개나 소나 다 대학 나오는데 자퇴시켜.

2.

낚시꾼 : 손녀가 지금 호주에 여행을 가 있죠?

할머니 : 아! 그렇다던데. 와?

낚시꾼 : 여행 중에 다리를 다쳐서 입원해야 하는데 병원비가 필요합니다.

할머니 : 달러로 환전해서 줘야 하나? 호주 돈이랑 신사임당이랑 단가가 다르잖아?

3 .

낚시꾼 : 큰 손자가 군대에서 다쳐 입원을 했습니다. 수술을 해야 하는데 수술비가 부족합니다. 얼른……

할머니 : 갸가 언제 부랄 달았다? 아이고 좋아라.

4 .

낚시꾼 : 여기는 ○○○입니다.(정부 기관 사칭)

할머니 : 바빠. 나중에 전화해.

신입 사원 시절

보이스피싱 예방 관련 제안서를 쓰다가

노인들을 대상으로 하는 범죄가 심각하다는 이야기를 듣고

할머니 생각이 나서 전화를 드렸는데

할머니는 낚시꾼들을 알아서 잘 처리하고 계셨다.

학자금 대출 청산하던 날

회사 생활을 하면서
많은 일들이 오갔던 신입 사원 1년차.

첫 월급으로 부모님 맛있는 것도 사드렸고
할머니 사진기도 장만해드렸고
동기들이랑 회사 욕하면서 밤새 술도 마셔 봤고

그동안 감사했던 분들께 선물도 해 봤다.
그렇게 많은 일들이 있었지만
학자금 대출을 청산하던 날만큼은 쉽게 잊히지가 않는다.

20살 이후 경제적인 도움은 딱 세 번만 주겠다는
아버지의 철저한 지침 덕에
학비는 장학금과 아르바이트로 충당해야 했다.
그러다 다른 무언가가 하고 싶어져
아르바이트를 그만두고
학자금 대출을 받았다.

받을 때는 클릭 몇 번으로 쉽게 돈을 빌릴 수 있어 좋았는데
갚을 때가 되니 엄청난 빚을 졌다는 압박감이 들었다.
공대 아름이를 꿈 꾼 탓에 학비는 남들보다 더 비쌌고
그 탓에 1년 치 월급의 반 이상을 저금해야 했다.

절약의 절약 끝에
대망의 학자금 대출을 청산하던 날,

원금에 이자가 더해져 잔액은 조금 남았지만
내 통장 잔고는 다시 0원이 되었다.

은행 직원은
- 정말 고생하셨어요
라는 말로 위로 아닌 위로를 건넸고
그 말에 알 수 없는 눈물이 주르륵.

- 엄마, 학자금 거의 다 갚은 것 같아요
- 미안해, 딸

엄마가 미안해할 일이 아닌데 그 말을 들으니
괜히 더 울컥하고 만다.

이러고 있을 때가 아니다.
통장 잔고가 0이 되었으니
눈물을 닦고 다시 시작해야 한다.

평소에는

목에 걸린 사원증이

갑갑한 족쇄처럼 느껴지지만

가끔은

대견하다고

잘하고 있다고

나 자신에게

심심한 위로와 응원을 보내고 싶다.

대학생이 된 나의 동생에게

다원아,

오늘은 네가 17년을 살았던 집을 떠나
타지로 가는 날이구나.
할머니는 오열을 하셨지.
나는 네가 군대라도 가는 줄 알았어.

그렇게 집을 벗어나고 싶어 하더니
기분이 어때?

긴장도 되고
떨리기도 하고
설레기도 하겠지.

연휴에 내려가면 같이 밥 먹으면서
이런저런 이야기를 많이 했다고 생각했는데
12년이라는 터울은 어쩔 수가 없더구나.
옷도 나눠 입고, 쇼핑도 같이 하는 자매들을 보며
넌 참 많이 부러워했지.
사실, 나도 그랬어.

초등학교를 졸업할 때까지 외동으로 자라
자립심도 강하고 나밖에 모르고 혼자서도 잘 노는 성격이라
너에게 살갑게 굴지 못했다는 생각이 들면서도
나이가 이만큼 들고 보니 동생이 있다는 게 참 힘이 되는구나.

언젠가 네가 성인이 되면
꼭 해 주어야겠다고 생각했던 말이 있어.
많지 않지만 다음 다섯 가지는 꼭 기억해 주길 바라.

첫째,
절대로 남과 비교하지 마라.
남과 비교하기 시작하면 자신만 더 불행해져.
남이 잘 산다고, 잘 나간다고 해서
시기하고 질투할 필요는 없더라.
선의의 라이벌 관계라면 몰라도
남과 비교하면 불행해지는 것도 내 몫
속상한 것도 내 몫이더라.

인생에 한 가지 정답은 없는 것 같아.
각자가 믿고 옳다고 생각하는 해답만 있을 뿐.

서두르지 말고
남과 비교하지 않고

너 자신을 누구보다 사랑하고 아껴 주었으면.
그렇게 천천히 가다 보면
너만의 해답을 찾을 수 있지 않을까.

둘째,
다양한 경험을 해 봤으면 해.
뉴스를 봤으니 너도 알 거야.
취업의 문턱을 넘지 못하는 이들이 세상에 많고
간신히 넘어 출발선에 서도 다시 빚쟁이가 되지.
너도 언니가 학자금 대출을 갚아 나가는 것 봤지?

1, 2학년 때는 아르바이트를 해 보는 것도 좋다고 생각해.
그래야 돈의 소중함도 알고 아껴 쓰지.
아르바이트는 정말이지 좋은 경험이야.

그런데 혹시 기억나?
대학교 입학 원서를 쓸 때 네가 그랬잖아.
- 언니 나 하고 싶은 게 없어

어쩌면 그 말이 당연한지도 모르겠어.
그동안 우리는 장애물 달리기를 하듯 앞만 보고
달려야 했으니까.

앞으로 네게 주어질 4년의 시간만큼은
눈앞에 보여지는 것 말고
마음에 채워지는 것을 했으면 해.

간절히 원하는 것 하나를 찾으려면
역설적이게도 하나만 해서는 안 되더라고.
이것도 해 보고
저것도 해 봐야
알 수 있는 거더라고.

지금 당장 종이를 꺼내서
졸업할 때까지 하고 싶은 것 100가지를 적어 봐.
말이 안 돼도
남들 눈에 시시해 보여도 괜찮아.

가지고 다니면서 기회가 있을 때마다
생각날 때마다 하나씩 해 봐.

그리고 꿈이라는 것은
'과학자', '선생님' 같은 직업이 아니어도 되는 것 같아.
'행복한 사람'처럼 추상적인 것이 될 수도 있더라.
그래서 언니 꿈이 할머니 돌아가시기 전에
같이 여행 가는 거잖아.
꿈을 너무 거창하게 생각하지 마.

셋째, 결국 남는 것은 사람뿐이다.
그러니 절대로 뒤에서 욕하지 마라.
행여 누가 하면 그냥 들어만 주고 동조하지 마라.
결국, 화살은 다시 너한테 돌아온다.
지금 못나 보인다고 무시하지 마라.
언제 어디서 어떻게 다시 만날지 모른다.
돈은 절대로 빌려주지 마라.
빌려주면 못 받는다고 생각해라.

시간 약속은 꼭 지켜라.

시간은 곧 신뢰다. 상대가 지키지 않아도 꼭 지켜라.

입을 거칠게 놀리지 마라.

친구들끼리는 욕도 하고 그럴 테지만 때와 장소는 가려라.

넷째, 긍정적으로 생각해라.

사는 게 뭐 같아도

'잘되겠지'

'이것 또한 지나가겠지'

하면 그만이더라.

지나고 보면 아무것도 아니더라.

밝게 생각하다 보면

좋은 기운도 따라온다.

남이 주는 것보다 자신이 주는 스트레스가 더 크다.

매사에 부정적인 사람은 친구도 잘 안 생긴다.

마음이 따뜻하고 정신이 맑아야

곁에 좋은 사람들이 생긴다.

다섯째, 일기는 꼭 써라.
힘들어도 자기 전에 꼭 써라.
특히, 오늘 있었던 감사한 일은 꼭 쓰도록 하자.

'아침에 눈뜨는 것'
'튼튼한 두 다리로 어디든 갈 수 있는 것'
'맛있는 음식을 먹을 수 있는 것'
몰라서 그렇지
세상에는 감사한 일들이 차고 넘친다.
일기를 쓰면 그런 것들이 보인다.

해 주고 싶은 말은 많지만
더 하면 잔소리로 들릴 것 같아
이쯤 한다.

넌 무한한 잠재력을 가졌고

많은 것을 바꿀 수 있는 사람이야.

그 시간이 지금이길 소망한다.

항상 자신감을 갖길.

너를 키워 주신 할머니께 자주자주 전화드리고.

할머니한테는 그게 낙이더라.

응원한다.

내 동생

고맙고 사랑한다.

행복하자.

- 너만은 나처럼 살지 않길 바라며

언니가

입사 1주년

- 아침에 눈떠 할 일이 있을 때가 행복한 거야
- 며칠이야 좋지. 그런데 금방 불안해져
- 그만두면 뭐 하고 싶은데?

퇴사 혹은 이직을 고민할 때
선배들이 하는 소리.

지난 1년,

별것도 아닌 일에 이런 말까지 들어야 하나 싶은 적도 있었고

집안일로 회사에서 짜증을 내는 상사도 있었고

노처녀, 노총각 히스테리에

쉬고 싶어 큰마음 먹고 연차 냈더니

평소보다 2배로 찾는 것 같고

출장 다녀오자마자 '잘 다녀왔어?'가 아닌

'빨리 회사로 들어와'라는 말에 상처받은 적도 있었다.

그러다가도

퇴근길에 동기들과 시원한 맥주 한잔하고

월급으로 부모님 등산복도 사드리고

사고 싶은 레고도 하나씩 사 모으고

주말에 틈틈이 여행 다니다 보면

소소한 행복감도 느껴진다.

다 그렇지 않을까.

여기는 학교가 아니라 회사니까.

흥미가 있는 업무도 반복되면 지겹고
겉으로 보기에는 좋아 보여도 막상 들어가 보면
여기도 어쩔 수 없는 회사라는 생각이 들고.

이 생활이 언제까지 갈지는 모르지만
시간은 거짓말처럼 잘도 흐르겠지.

고생했다.

입사 1주년.
더할 나위 없이 축하해.

여름휴가를 기다려

'열심히 일한 당신 떠나라!'고 할 때는 언제고

막상 휴가를 쓰려 하니 팀장님이 먼저 가기로 하셨단다.

또 다른 날은 대리님이 먼저 찜.

이때다 싶은 날은 중요한 일이 있어 꼭 출근해야 하고.

하…… 이러다 11월에 휴가 가겠네.

'눈치 보지 말고 마음껏 써!'라는 말은
어쩐지 '눈치껏 알아서 써!'처럼 들린다.

팀의 막내라 남들 다 다녀오고 난 다음에 가려면
그때는 여름이 아니고
억지로 마지막에 끼워 맞추면
극성수기라 어디를 가도 너무 비싸
결국, 아무 데도 못 가는 사태가 빚어진다.

그럼에도 여름휴가 한 번 가 보겠다고
열심히 휴가지를 찾아보는 나란
존재란.

휴가
그게
뭐
별거냐.

집에서

격하게

아무것도

안 하고

쉬는 것

그거면 됐다고 전해라.

덧.

인간적으로 우리 휴가 간 사람에게는 연락해서 이것저것 묻지 좀 말자. 출근한 사람도 모르는 것을 휴가 간 사람이라고 알까.

특별한 단 하루

매일이 똑같고

반복되는 일상이지만

그중에도 특별한 하루가 있다.

엄마 말이

오늘 같은 날은

지각해도 좋으니
미역국은 꼭 먹고 가라고 했다.

그렇다.
생일. 오늘이 내 생일이구나.

정신 연령은 그대로인데
나이만 먹는 느낌이다.

오늘 같은 날은
지나가며 하는 인사도 괜히 고맙다.

이런 날은 그냥
- 오늘은 일찍 퇴근해
한마디면 되는데
- 오늘 저녁 뭐 먹을까?
라는 말로 꼭…….
대리님, 저한테 왜 이러세요.

무더운 여름
4.2킬로그램의 우량아를
낳아 주고 길러 주신
부모님께 너무도 감사하다.

팍팍한 세상
혼자 힘으로는 살기 어렵다지만
그래도 한 번 더
젖 먹던 힘까지 더해
힘차게 내딛어 봐야지.

〈공포의 외인구단〉에서 수많은 남자들의
사랑을 받은 엄지처럼 되라며
지어 주신 이름, 엄지.
그런데 엄지를 사랑해 주던
마동탁은 현실에는 없나 보다.
20대가 다 가도록 나타날 기미가 안 보이네.

QB HOUSE
終日禁煙
終日禁煙

しんいまみや
新今宮
SHIN-IMAMIYA
なんば
天下茶屋
NAMBA
TENGACHAYA
NANKAI

여행지 일본

에피소드 1 오사카

생애 첫 해외여행

〈남자 셋 여자 셋〉을 보며 대학 생활의 낭만을 기대했는데 현실은 주야장천 알바 천국이었다. 그러던 중, 겨울 방학 무렵 친구에게서 전화가 왔다.

- 오사카 갈래?

그때 나는 '오사카 맛집', '오사카에서 꼭 가야 할 곳', '오사카 쇼핑 리스트' 등 남들이 다녀온 흔적을 보면서도 한편으로는 남들과 다르게 다녀오고 싶다고 생각했다.

생에 처음으로 인천 공항에 도착해 내가 본 것은 수많은 여행자들과 달달달 소리를 내며 끌려다니는 여행용 가방이었다.

나는 어디로 가야 할지, 무엇을 해야 할지 몰라 가방에 손을 넣어 여권이 잘 있는지만 몇 번이고 확인했다.

발권과 동시에 여권과 인증샷.

はらの
☎761-3955
CUT&
PERM

첫 비행인 만큼 무조건 창가석.
잘못한 것도 없는데 괜히 떨리는 검색대.
어색한 미소를 지어 보이는 여권 검사대.
얼마나 싼지 궁금해서 따라간 면세점.
도통 어떻게 써야 할지 모르겠는 입국 서류.
창밖을 통해 찍는 구름과 하늘 사진.
기내식은 먹기 전에 인증샷부터!

나의 첫 해외여행은 그렇게 시작되었다.

로맨스는 없었다

첫 해외여행 사진을 보면 거리의 간판, 표지판, 티켓, 지하철 입구, 버스 등의 사진이 참 많다. 다시 봐도 왜 찍었는지 몰라 쑥스러운 웃음만 짓게 된다. 오사카에서는 흔한 음식점 간판마

저도 다르게 보였다.

사실, 나에게는 한 가지 로망이 있었다. 바로 '게스트 하우스'. 그곳에 가면 전 세계 여행자들이 한데 모여 맥주도 마시고 서로의 고민도 이야기하다 자연스레 로맨스가 꽃피는 줄 알았다. 하지만 결과는 처참했다. 여러 나라에서 여행을 하러 온 친구들이 있었지만, 나의 첫마디는 한결 같았다.

- Where are you from?

- How old are you?

어디서 왔고, 몇 살인지가 그때는 왜 그렇게 중요했을까. 차라리 오사카가 어땠는지나 물어볼걸. 어설픈 영어가 꼭 이렇게 발목을 잡는다. 결국, 그 두 가지만 묻고는 아무 말도 못 하고 그저 웃기만 했다. 매일 찾아오는 밤이지만 어쩐지 특별한 기분이 드는 여행지에서의 첫날 밤. 기대했던 로맨스는 없었지만 열심히 듣기 평가한 것으로 만족!

어딜 가나 본전 생각

여행 중의 문제는 늘 본전을 생각하는 데서 왔다. 내가 여기를 어떻게 왔는데, 여기까지 왔는데 이것은 보고 가야지 하는 생각. 그런 생각 탓에 무엇을 먹는 시간도 아까워 초코파이를 들고 다니면서 끼니를 해결했다. 경비를 모으는 데는 꼬박 몇 달이 걸렸는데 그에 비해 여행지에서의 하루하루는 참 짧았다. 그게 아쉬워서 더 바쁘게 움직였다.

이런 철부지 같은 생각 탓에 같이 여행하는 친구에 대한 배려도 부족했다. 누군가 다녀온 여행지를 일정표에 끌어다 놓고 가지 않으면 큰일이라도 나는 것처럼 다녔다. 결국, 여행을 마치고 한국에 돌아와서는 서로 연락도 하지 못하는 사이가 돼 버렸다. 처음에는 내가 무엇을 잘못했는지 몰랐는데 지나고 보니 참 많이 미안했다. 서툰 나라서 참 많이 미안했다.

大阪王将
餃子
カラオケ ビッグエコー

金龍ラーメ

다시, 오사카

다시 오사카를 가게 된 것은 그로부터 4년 뒤였다. 도톤보리의 글리코상은 여전히 달리고 있었다. 어쩐지 〈심야 식당〉처럼 작은 공간에서 사람들이 사는 이야기가 듣고 싶었다. 그러던 중 츠텐카구를 지나다 아주 작은 튀김 가게를 보았다.
아주 작은 공간이었는데, 사람들은 혼자서 혹은 둘씩 맥주를 마시며 주인아저씨와 이야기를 나누고 있었다. 무슨 말이 오갔는지 정확히는 알 수 없지만 우리가 맥주를 앞에 놓고 흔히 하는 이야기가 아니었을까. 오늘 있었던 일, 요즘 힘든 일…… 그런 이야기 말이다. 맥주 한잔에 붉어지는 눈빛으로 많은 이야기들이 전해졌다.
혼자이고 싶었지만, 가게 안은 사람들의 온기로 김이 서렸다. 익숙한 캐롤이 들려오는 밖을 보며 생각이 많아진다. 그때, 오사카에서의 나와 지금의 나는 무엇이 달라졌을까.

牛タン
だるま

なかむら
和魂
魚捨
なか乃
魚藤

やまだ

雪印
グリコ
日商エステム
プロミス
プロミス
CHINTAI
B.V.D.

雪印メグミルク
グリコ
日商エステム
PROMISE
PROMISE
みんなに笑顔を届けたい。
CHINTAI
LOTTERIA
an

여행지 일본

에피소드 2 도쿄

도쿄타워가 보고 싶어

어른에게도 선물이 필요하다는 것을 그때는 몰랐다. 가끔은 어릴 적 일기장과 숙제 공책에 찍히던 '참 잘했어요' 도장이 그리워진다. 어른이 되면 칭찬 같은 것은 필요 없을 줄 알았는데 어른에게도 칭찬은 필요한 모양이다. 지금은 나이가 들어 누가 해 주지 않으니 스스로 하는 수밖에.

그런 생각이 들 무렵 한 편의 성장 영화 〈도쿄타워〉를 보았고 무작정 도쿄타워가 보고 싶어 도쿄에 가기로 결심했다. 회사에서 시장 조사하느라 가격 비교를 할 때는 귀찮고 짜증이 나도 비행기 표를 알아볼 때만큼은 머리가 맑고 총명해진다. 혹시라도 도쿄타워에서 주인공을 만나게 되면 시원한 생맥주 대신 뜨끈한 사케를 나눠 마시고 싶다.

ASIANA AIRLINES
OZ102 / 14MAY16
SEOUL/ICN
TOKYO/NRT
EOM/JI HS
09:00

Terminal 1 Departur

Narita Airport Terminal 1

떠나기 전날, 친구들이 다 모인 자리에서 말했다

- 나 도쿄타워 보러 도쿄에 다녀올게

그랬더니 한 친구가 그런다.

- 너 남산타워는 올라가 봤냐?

감성이 메마른 사람들은 에펠탑을 두고도 철골 구조물 하나가 덩그러니 있는 것이라며 무심하게 말하는데 도쿄타워라고는 뭐가 다를까.

아무것도 하지 않아도 로맨틱하니까

도쿄 여행 첫날에는 도쿄타워 밑에서 도시락을 먹었다. 둘째 날에는 모리타워에서 도쿄타워를 멍하니 바라보았다. 맛있는 음식을 먹지도 않았고, 쇼핑 목록도 눈에 들어오지 않았다. 반짝이는 도쿄타워의 불빛 하나만 멍하니 바라보았다. 모리타워에는 도쿄타워를 바라보는 전망대가 있었는데, 나처럼 멍하니

도쿄타워를 바라보는 사람들이 많았다. 아무것도 하지 않는 것이 굉장히 로맨틱하다고 느껴지는 순간이었다.

문을 열면 보이는 것

게스트 하우스로 가는 길에 사케 한 병을 샀다. 그리고 옥상에서 아주 작게 보이는 도쿄타워를 안주 삼아 마셨다. 그러고 있으니 산다는 것이 참 만만치 않다는 생각이 든다. 힘겹게 문을 열면 그 앞에는 또 다른 문이 있었고, 다시 그 문을 열기 위해 열쇠를 찾아야 했다. 어떨 때는 너무 힘들어서 누가 대신 열어 주었으면 했고, 자동문처럼 손만 갖다 대면 열리길 바랐다. 그랬다. 인생에서 문을 여는 과정은 늘 힘들었다. 그래서 이번에 문을 열었을 때는 내가 나에게 주는 선물을 세워 두고 싶었다. 지금 반짝이는 것은 눈물일까 아니면 도쿄타워의 불빛일까.

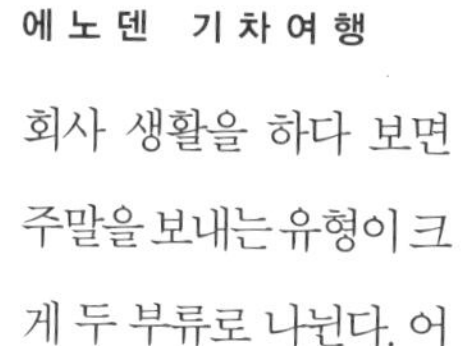

에노덴 기차여행

회사 생활을 하다 보면 주말을 보내는 유형이 크게 두 부류로 나뉜다. 어디로든 떠나는 사람과 집에서 텔레비전만 보는 사람. 나는 전자이고 나의 사수는 후자였다. 휴일이 있으면 어떻게든 붙여 떠나려는 나와 집에서 마냥 쉬는 것이 좋은 선배. 서로가 신기한 것은 당연한 일이었다.

'사표 쓰고 떠난 세계 여행'이라는 이슈 앞에서도 그랬다. 나는 그들의 용기에 손뼉을 치는 반면 선배는 그렇게 사는 것만이 용기냐고 물었다.

그런 선배에게 가 보고 싶은 곳이 없느냐고 물었을 때, 서랍에서 〈슬램덩크〉 한 권을 꺼내 보였다. 한때 엄청나게 좋아한 만화였다고 했다. 선배는 〈슬램덩크〉의 배경이 된 도쿄 근교의

1

에노시마에 가서 강백호를 만나고 싶다고 했다.
그때 선배가 했던 말이 떠올라 도쿄 여행 중의 하루는 에노시마에 가 보기로 했다. 여행에 관심도 흥미도 없는 선배가 말한 것이니 분명 무엇인가 있을 거라는 막연한 설렘을 안고.

여기가 도쿄인지 서울인지

도쿄의 출근길 지하철은 서울만큼이나 사람이 많았다. 여기가 도쿄인지 서울인지. 어쩐지 지하철을 타고 출근해야 할 것만 같았다. 무시무시한 출근길 지하철을 빠져나오니 시골 마을을 여행하는 기분이었다. 차창 밖의 풍경에 눈을 떼지 못했다. 회사만 나오면 없던 호기심마저 생기나 보다.
많은 사람들이 약속이라도 한 듯 가마쿠라코코마에 역에서 내렸다. 작은 간이역, 검은 교복을 입은 학생들, 쇼난 해변이 펼쳐진 뒤로 에노덴 기차가 지나가는 여기가 바로 〈슬램덩크〉의

1551

배경지이다. 강백호와 친구들이 등교할 때 타던 경전철과 건널목, 윤대협이 다닌 능남고의 모델인 가마쿠라고교, 서태웅이 훈련을 위해 달리던 바닷가 모래사장이 만화를 그대로 옮겨 놓은 듯 생생하다.

〈슬램덩크〉는 지금 봐도 참 명작이다. 기본기가 하나도 안 되어 있는 상태에서 타고난 운동 신경만 믿고 화려한 슬램덩크를 동경하는 강백호, 개인 기량은 완벽하지만 팀플레이에 서툰 서태웅. 전혀 어울리지 않을 것 같던 두 사람은 서로를 믿으며 눈부신 성장을 해 간다. 농구든 삶이든 가장 중요한 것은 기본이다. 생각해 보면 만화에 나오는 사람들은 회사에도 있다.

서태웅처럼 재수는 없지만 결코 미워할 수 없는 존재?
- 음…… 있지
농구부 주장 채치수처럼 순수한 열정으로 똘똘 뭉친 사람?

- 음…… 있지

눈에 띄지는 않지만 성실함과 끈기로 팀에 반드시 필요한 사람?

- 음…… 있지

가능성을 믿어 준 안 선생님 같은 사람?

- 음…… 있나?

반나절 동안 에노덴을 타고 다니며 만난 곳들은 일본 특유의 시골 분위기를 자아내 필름 사진기 하나만 들고 다녀도 좋았다. 어쩌면 속 깊은 선배는 뭐든 잘하고 싶어 조급함이 앞서는 후배에게 느긋한 여유를 느끼게 해 주고 싶어 이곳에 가 보라고 한 것은 아닐까.

여행지 일본

에피소드 3 가고시마

진짜로 일어날지도 몰라 기적

신입 사원의 패기는 6개월이면 없어지고, 매 순간 긴장되던 마음은 한 달, 두 달 월급이 들어오면서 안정된다. 그때가 되면 일상의 설렘이나 기적 같은 것은 찾아보기 힘들어진다. 매일 같은 지하철, 같은 시간, 같은 칸, 같은 동선으로 한 치의 오차도 없는 정확한 일상에서 기적을 바라는 것이 가능한 것일까. 그 무렵 가고시마 출장을 가게 되었고 좀처럼 뛰지 않던 가슴이 해외 출장에 쿵쾅거렸다. 그 마음을 읽었는지 대리님이 한마디 하셨다.

- 출장은 여행과 다르다, 정신 똑띠 해라

내심 기대했지만

사쿠라지마의 활화산은 1년에 700번 이상 터진다는데 과연 그 장관을 볼 수 있을까 궁금해졌다. 숙소 테라스에서 바라보

40
507

는 사쿠라지마는 활화산이라는 것이 믿기지 않을 정도로 어딘지 모르게 조용했다. 그래서 15분 정도 페리를 타고 가서 직접 보기로 했다.

도착해서 여행객들에게 화산과 그 지역에 대해 설명해 주는 아주머니 한 분을 만날 수 있었는데, 그 모습만 봐도 이곳을 얼마나 사랑하는지 느낄 수 있었다.

- 화산이 터질까 봐 무섭지 않으세요?

- 그래도 내가 살고 있는 곳인데 사랑하고 가꾸어 나가야지

내심 활화산이 터지는 모습을 봤으면 했는데 그 모습은 끝내 보지 못했다.

15분은 생각보다 길었다

일정이 끝날 때쯤 가고시마 중앙역에서 30분의 자유 시간이 주어졌다. 기회다 싶어 영화에서 본대로 관람차를 타기로 결

심했다.

- 내려오는데 얼마나 걸려요?

- 15분이요

그 정도면 탈만 하다 싶어 아무 생각 없이 몸을 실었는데 5분이 지나고 나서부터는 몸을 움직일 수 없었다. 의자도, 바닥도, 천장도, 등받이도 모두 투명하다는 것을 타기 전에는 왜 몰랐을까. 정상에 가까워질수록 불어오는 바람에 관람차가 조금씩 흔들렸다. 극한에 다다르니 정말 별의별 생각이 다 들었다. 여기서 떨어지면 어떡하지, 보험은 얼마짜리를 들었더라 하는 생각을 하는데 정상이 코앞이었다. 결국, 나는 눈물을 보이고 말았다. 가고시마의 시내가 한눈에 보이는 관람차 안에서 사쿠라지마 화산을 눈앞에 두고 무서워서 우는 꼴이라니. 소리라도 질러 멈추고 싶었지만, 관람차는 이미 정상을 지나고 있었다. 영화 속 한 장면을 상상했으나 현실에서는 관람차에서 내리자

마자 다리가 풀려 버렸다. 멋진 풍경을 배경으로 사랑하는 이와 다정한 그림을 상상했는데…… 때 아닌 공포에 헛웃음만 나왔다. 하얗게 질린 내 얼굴을 보시더니 다들 한마디씩 했다.

- 너 무슨 일 있었어? 얼굴이 왜 이래?

- 팀장님…… 그게 너무 무서워서……

나의 공포 체험에 다들 배꼽을 잡고 웃었다.

기적을 바라고 온 이곳에서 정말 기적 같은 일을 경험하게 됐다. 그동안 무서운 것 하나 없던 내게도 무서운 것이 생겼으니까. 지루하고 평범한 일상 속에서 마주하는 이런 특별함은 예상치 못한 선물 같다. 평범한 회사 생활, 그 속에서 때때로 마주하는 기적 같은 일들. 진짜 기적이란 이런 것이 아닐까.

여행지

대만

에피소드 4

그 시절 우리가 좋아했던 소녀

살면서 마주하는 '처음'은 언제 들어도 설레기 마련이다.
첫사랑, 첫 여행, 첫 마음, 첫걸음……첫 직장?(이것은 예외)
마음보다 몸이 먼저 움직이던 신입 사원 시절, 프로젝트 하나를 마치고 이틀의 꿀 같은 휴가를 받았다. 마음은 아무것도 안 하고 쉬어야지 하는데 손은 이미 비행기 표를 알아보고 있다. 태국은 멀고, 중국은 비자가 필요하고, 홍콩은 그냥 그렇네. 확실히 회사 다닐 때는 갈 수 있는 여행지가 좁아진다. 이럴 때면 학교 다닐 때 더 멀리 가 볼 걸 하는 후회가 든다.
딱히 가고 싶은 곳도 없고 뒹굴뒹굴 영화나 봐야지 하는데 추천 영화 목록이 심상치 않다. '설렘주의보 영화 top 10'이 눈에 들어온다. 그래, 한 번 설레 보자 하는데 첫 영화부터 강하다.
– 〈냉정과 열정 사이〉, 이건 대사까지 외우고 있는데…… 오늘 같은 날 왠지 준세이를 만나면 눈물이 터질 것 같다

十分車

SHISEIDO
老六和
百貨
精品
批發
馨堂香舖
香品
鞋
皮鞋
加達美術行
永和四海豆漿大王
地上便當

그리고 이어진 영화가 〈그 시절 우리가 좋아했던 소녀〉였다. 뭐에 홀린 듯 영화를 보고 나니 첫사랑의 설레임이 몽글몽글 피어올랐다. 보는 내내 영화의 배경지인 타이베이에 가 보고 싶었다. 그래서 나는 영화가 끝나자마자 무작정 대만으로 가는 비행기 표를 끊었다.

6월의 대만

6월의 대만은 더웠다. 너무 더웠고 그냥 더웠다. 지금 생각해도 등줄기에 땀이 흐른다. 숨만 쉬어도 땀이 흘렀다. 결국, 짜증이 폭발했다. 걷는 것을 좋아하는데 사타구니에 땀띠가 나자 더는 참을 수 없었다. 내가 왜 대만에 왔지 하는 생각도 들었다. 그렇게 짜증 섞인 첫날을 보내고 둘째 날에는 책자에도 나오지 않은 기차 여행을 하기 위해 새벽부터 기차역으로 향했다. 대학 때 나름 부전공으로 중국어를 배웠다며 길 가는 사람을

붙잡고 열심히 길을 물어보지만, 어설프게 배운 것은 역시나 어설프게 들려올 뿐이다.

소박하고 담백한 풍경

어렵게 루이팡 역에 도착했다. 커징텅과 션자이도 여기서 처음 둘만의 여행을 시작했겠지. 여기서 핑시선 기차에 오른다. 기차에 오르니 소박하고 담백한 마을 풍경이 골짜기와 하천을 따라 펼쳐졌다. 그리고 얼마 지나지 않아 허우동 역에 도착했는데 고양이가 어찌나 많은지. 개찰구에서부터 역을 내려가는 계단까지 고양이가 없는 곳이 없었다. 나는 고양이가 무서워 지뢰 게임을 하듯 최대한 살금살금 지나갔다. 그러다가도 고양이 사진을 찍겠다고 야옹야옹 되지도 않는 울음소리를 냈다. 대만 고양이도 야옹야옹 하고 우는지는 모르겠지만.

그다음 역은 스펀 역인데 엽서와 여행 책에 자주 나오는 천등을 날리는 마을로 우리에게 친숙하다. 도적을 막기 위해 날리기 시작한 것이 지금은 대만의 중요한 경축 의식이 되어 매년 이곳에서 축제가 열린다.

작은 마을을 걸으니 영화에서 본 것 같은 장면이 연출되고 있었다. 다 어디서 나왔는지 많은 사람들이 천등에 소원을 적어 하나둘씩 하늘로 날리고 있었다. 천등을 날리기 전 기념사진을 찍어 주는데 소원이 다 이뤄지기라도 한 것처럼 다들 들뜬 얼굴을 하고 있다. 천등을 날리지 않아도 거기 서서 사람들의 들뜬 표정만 봐도 충분히 즐겁다.

커징텅과 션자이가 서로의 마음을 숨겼던 핑시 역. 그곳을 빠져나오면 작은 마을과 바로 연결되는데 2층으로 된 옛날 가옥들이 좁은 골목을 마주하고 정겹게 남아 있다. 기차가 지나갈 때 사진을 찍으면 소원이 이루어진다던 션자이의 말이 귓가에 울린다.

吉祥天燈
批發零售
24958850
協豐天燈
胡家天燈

順心喜樂
財源廣進
一帆風順

그곳에서 나는 소원을 빌었다.

- 지각을 해도 대리님이 몰랐으면……

- 업무 시간에 정전이 나서 좀 쉴 수 있었으면……

- 갑자기 늘어나는 임시 공휴일이 많아졌으면……

언제부터 소원이라는 것이 이렇게 소박해졌을까.

지우펀의 진짜 지우펀

〈이웃집 토토로〉의 배경이자 타이베이의 1순위 관광지로 꼽히는 지우펀. 주말에는 발 디딜 틈이 없을 정도로 북적인다. 구경은 무슨, 사람들이 하도 밀고 들어와 의지대로 걸을 수도 없다. 지우펀을 다니면서 가장 신기했던 것은 사람들 손에 하나씩 들려 있는 떡 빙수였다. 이름도 재미있는 위위엔.

- 먹어 볼래?

- 아니

- 넌 다른 데는 호기심이 많은 것 같은데 먹는 것 앞에서는 왜 그래?

- …… 여행까지 와서 배탈 나면 좀 그렇잖아

여행을 좋아하는 나지만 안 먹던 음식을 먹으면 늘 배탈이 나 여행지의 맛집 탐방은 꿈도 꿀 수 없다. 배탈이 겁이 나 먹어보지 못한 음식들은 한국에 와서 꼭 그리워지기 마련인데 그래도 어쩔 수 없다. 문제는 나의 이런 체질을 모르는 사람과 여행을 다닐 때이다. 혼자 있을 때야 그렇다 쳐도 같이 온 사람이 있으면 참으로 미안해진다.

사실, 누군가와 함께 시간을 보낸다는 것에는 큰 배려가 필요하다. 혼자 여행을 다니면 밥을 굶고라도 보고 싶은 것을 더 볼 수 있고, 쉬고 싶을 때 마음 편히 쉴 수 있고, 싸울 일이 없어 에너지를 소모할 일도 덜하지만 그것이 전부다.

여러 음식을 시켜 나눠 먹을 수도 없고, 좋은 배경을 뒤로 하고도

사진 속에는 언제나 혼자이며 함께 웃는 사진도 찍을 수 없다. 무엇보다 가장 큰 아쉬움은 시간이 지나 그곳을 떠올렸을 때 같이 추억할 상대가 없다는 것이다.
주로 혼자 여행을 다녀 누군가의 보조에 맞춰 다니는 것이 서툰 나였다. 그래서 이런 크고 작은 다툼이 많았는데 눈앞에 펼쳐진 풍경을 보면 웃을 수밖에 없었다. 비가 내린 지우펀이 안개로 덮이자 골목길에 있는 홍등이 하나둘씩 켜지기 시작했다. 그 순간 지우펀에서 진짜 지우펀을 만난 듯했다. 표지판을 따라 걸을 필요도 없었다. 길을 잃어도 마냥 좋은 순간이었다.

여행의 진짜 즐거움

6월의 대만은 지금 생각해도 너무 더웠다. 기차 여행을 하면서는 쉬는 시간도 없이 달렸다. 그렇게 달려도 현실의 속도와는 다르게 달리는 기분이었다. 현실의 속도를 억지로 따라가지 않

Longshan Temple(Kangding)
9 往
38 往
62 往
231 往
山寺(康定)
n Temple(Kangding)
5 往
4 往 西門
2 往 西門
9 往

아도, 많은 것에 의미를 부여하지 않아도, 여행의 즐거움을 충분히 느낄 수 있었다. 어쩌면 여행 자체의 즐거움보다는 회사를 가지 않았다는 것이 기쁨의 가장 큰 요인이었을지도 모른다. 아무렴 어떠랴. 휴가를 내고 여행을 다니는 이유야 다 다르겠지만 다들 일상에서 간절히 바라던 설렘, 아련한 추억과 마주하고 싶어 이곳에 온 것일 테니.

DRC 1029

PART 2

회사 생활 에피소드

여행지 에피소드

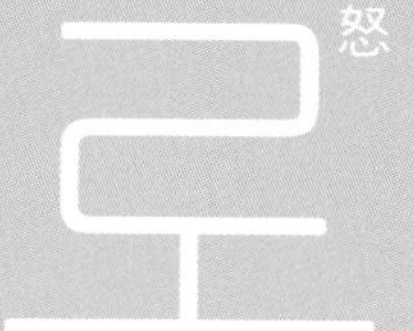

부사장님이 사랑하는 난초

내 옆에는 난이 네 개나 있다.

실수로 넘어뜨리거나 깨고 싶을 정도로

나는 난이 너무 싫다.

문제는 부사장님이 좋아하신다는 것이다.

그것도 지나치게.

사랑스럽게 물도 주신다.

그럴 거면 차라리 본인 옆에 두시지…….
아, 맞다 그 자리는 이미 식물원이지.

난은 하루가 다르게 자라
이제는 내 얼굴까지 친다.
여기가 갈대숲도 아니고
꼭 순천만에 온 것 같구나.

어쩌지……
정말 난을 쳐 버릴 수도 없고.
울고 싶다.
없던 난蘭 알레르기가 생길 것 같다.

회사 생활이 힘들다고 투덜대는 친구를 보면
아직 어리다고만 생각했다.
돈을 버는 일인데 당연히 쉬울 리가 없지 않은가.

문제는 돈을 버는 일 외의 어려움이다.
회사 생활을 하다 보면

업무적인 스트레스도 있지만
사람 때문에 오는 스트레스도 정말 많다.

잘 참다가
결국
나도
터졌다.

문제는 식탐.
나의 직속 상사는 식탐이 심하다.
매우
아주
너무
심하게
상당히
지나치게.

1. 순두부찌개

순두부찌개를 시킨다.

순두부에서 가장 중요한 것은 뭐?

반숙 계란.

하지만 이때 밀려드는

어둠의 그림자.

뚝배기에 숟가락이 꽂히더니

순두부에 숟가락이 쑥.

계란 노른자를 쏙.

그리고 태연하게

- 내 것도 좀 먹어

2. 볶음밥

나의 이야기를 들은 친구가 비법을 전수했다.

그래, 볶음밥은 쉽게 건드리지 못하겠지.

하지만 이번에도 밀고 들어오는 어둠의 그림자.

밥 위에 새우튀김 다섯 개가 올라왔는데

세 개를 쏙.

참자, 참아.
먹는 거 가지고 쪼잔해지면 지는 거야.

3. 돈부리

그래, 어디까지 가나 보자.
돈부리로 승부를 내겠어.
먹다 보면 튀김이랑 소스랑 밥이 한데 섞여
내가 먹다 봐도 그런데
설마 그걸 먹으려고.

예감이 좋다.
식사 후반부까지도
숟가락 공격이 들어오지 않는다.
내가 숟가락을 내려놓을 때까지도.
이거다, 바로 이거야.

그때였다.
내가 남긴 것을
퍼 가는 숟가락.

그래, 내가 졌다.
내가 졌어.

또라이
질량 보존의 법칙

어디를 가나

어느 집단에 가나

또라이는 한 명씩 있기 마련이다.

없다면

거울을 보기 바란다.

회사 생활에서 가장 힘든 것은
돈도
일도
야근도 아닌
사람인 것 같다.
또라이를 피해서 이직했더니
또 다른 또라이가 있지 않던가.

저들은
어떻게 그 높은 경쟁률을 뚫고
저 자리에 앉아 있는지
피라미드가 생기고
마추픽추가 만들어진 것보다
더 미스터리다.

이런 마추픽추 같은 놈.

그때 그 시절 무서웠던 것들

1. 전화기

그냥 바라만 봐도 무서웠다.

받는 것도 서툴고

돌리는 것도 어렵고

사투리도 심하고

왼손으로 받아

오른손은 항상 필기 자세.
가끔 선을 뽑아 놓고 싶은 충동이 들면
슬쩍 수화기를 들어 놓기도 했다.

2. 복사기

학원 아르바이트 경험으로
복사기와 친하다고 생각했는데
순전히 내 착각이었나 보다.
급할수록 천천히 해야 하는데
짜증부터 나고
마음이 조급해진다.
어떻게 해야 더 보기 좋은지
양면은 어떻게 해야 잘 나오는지
비율은 어떻게 맞춰야 하는지.
복사 하나도 쉽지가 않구나.

한 번은 이런 일도 있었다.
부장급 회의에 들어갈 문서 50장을

5부씩 복사해 오라고 했는데

얼굴이 빨개져서

50장을 한 장 한 장

복사기를 열었다 닫았다

전투적으로 복사하느라

땀범벅이 된 내게

대리님이 다가와 하는 말

- 여기에 넣고 5부 설정하기만 하면 되는데……

몰랐구나. 몰랐으면 말을 하지

물어보면 물어본다고

짜증 낸 게 누구시더라.

공공연한 비밀

한 일간지의 헤드라인
'직장인 10명 가운데 4명이 사내 연애 경험'

피 끓는 청춘 20대와
아직은 20대이고픈 서른 즈음의 신입들.
청춘 남녀가 한데 모여 있는데

사건 사고가 없는 것이 더 이상하지 않은가.

팀장님이 물끄러미 나를 보시며 그런다.

- 너는 10명 중 4명이냐 아니면 6명이냐

- 비밀인데요

비밀이라고는 하지만 그게 왜 비밀인지.

신입 사원 연수 시절, 평소 잘 걷지도 않으면서

밤만 되면 같이 나가 산책하는 둘.

회식 때는 동기니까 챙겨야지 하며 은근슬쩍 눈빛을 주고받는 둘.

회사 워크숍 가면 소리 소문 없이 사라지는 둘.

SNS에 날짜만 바꿔서 비슷한 사진을 올리는 둘.

편의점 간다더니 13층 비상계단에 나란히 앉아 있는 둘.

둘만 모르는

둘의 연애 사실.

티는 있는 대로 다 내놓고.

출근길 지하철에서 벌어진 사건

출근길,

유독 사람이 많은 날이 있다.

오늘이 그런 날이었다.

회사원에 대학생도 모자라

교복 입은 학생들까지.

갈아타는 곳
1

키가 150센티미터인 나는
남들이 내뿜는 이산화탄소를
남들보다 두 배로 마시며
이리 밀리고 저리 치이고 있었다.

발 단

뒤에 있는 사람이 미는 바람에 본의 아니게 앞에 있던 아저씨를 밀치게 되었다. 과장 정도 되시려나.
험악한 인상으로 나를 노려보신다.

전 개

여기가 무슨 역인지 갑자기 사람들이 우르르…… 본의 아니게 또 아저씨를 밀게 되었다.
눈에서 빔을 쏘고 계시는 아저씨.

위 기

갑자기 교복 입은 학생들이 밀고 들어와
아저씨를 또 한 번 ……

이 무슨 운명의 장난이란 말인가.

절 정

아저씨의 입이 동그랗게 말린다.

욕은 장전되었다.

결 말

순간, 어디서 그런 용기가 생겼는지 나도 모르게 치고 나갔다.

- 피차일반이니 참고 갑시다.

아저씨도 회사 가면 과장, 저는 그냥 사원이지만

어차피 우리는 같은 미생이잖아요. 웃으면서 가요

벙찐 아저씨가 대답한다.

- 나 대리야

오늘도 평화로운 출근길.

언제부터 돌아보지 않게 된 것일까

본격적인 공채 시즌이 되면
후배들이 하나둘씩 연락해 온다.
취업과 직장 생활에 대한 걱정 때문이겠지.

그럴 때 내가 해 줄 수 있는 말은
결과야 어떻든 자신감을 잃지 말라는 말뿐.

불안을 덜어 줄 수도
줄여 줄 수도
없는 그런 말뿐.

그들의 불안한 마음을 나도 모르지 않다.
나도 다 겪으며 지나왔으니까.

정성 들여 만든 포트폴리오를
가고 싶은 회사 엘리베이터 곳곳에 놓고 오기도 하고
어렵게 주어진 면접을 시원하게 말아 먹기도 하고
우울증으로 친구들도 못 볼 때가 있었고
SNS를 타고 전해지는 친구들의 취업 소식에
며칠을 자괴감에 빠져 지내기도 하고
그랬네 나도.

취업을 해도 다시 시작인데
결승선이 아니라 출발선일 뿐인데
어쩌다가 우리는 출발선에 서기도

어려워졌을까.

새로운 문을 열고 나니
닫고 나온 뒷문은
돌아보지 않게 되었지만
그 뒤로 서 있는
어린 동생들과 후배들을 생각하니
그들은 그때의 나보다
더 힘든 것 같아
마음이 짠하다.

신입 사원으로 산다는 것

직장 생활을 소재로 일기를 쓰다 보니
좋았던 일보다는
힘들었다고 투정 부리는 일들만 쓰게 된다.
이럴 때 드는 생각은
'정말 나만 이렇게 힘든 거야?'

그래서 비슷한 처지의 친구들을 만나
그들의 이야기를 들어 보았다.

책임져야 할 것이 늘었다

_여자 1호(입사 9개월 차)

취업을 하고 처음 서울 생활을 시작했다. 자유를 원했기에 이 생활이 마냥 좋았다. 그런데 시간이 지날수록 부모님과 함께 살 때만큼 힘든 내색을 하기가 어려워졌다. 전에는 고민이 있으면 부모님과 많은 이야기를 나누었는데, 타지에서 혼자 생활하다 보니 도리어 부모님이 걱정하실까 봐 조심스러워진다. 혼자 고민하다 삭이는 일이 많아졌다.

나의 색이 사라진다

_ 여자 2호(입사 9개월 차)

적극적인 편이라고 생각했는데, 업계에 계신 분들이 워낙 활발하셔서 그런지 어딘지 모르게 기가 눌리는 느낌이다. 그래도 업무를 진행할 때만큼은 당당해지려 한다.

회사를 다니다 보니 하루가 정말 금방 지나간다. 정신 차리고 보면 어느 덧 저녁. 가끔은 '아직도 화요일밖에 안 됐어?'라고 말하기도 하지만 일주일, 한 달이 너무 빠르게 지나간다. 그 시간 속에서 가끔은 무기력해지고 나의 색을 고민하게 된다. 종종 나를 위한 이벤트가 필요하다. 예를 들면 한 주 동안 고생했으니 토요일에는 마음껏 늘어지고 쇼핑하기 등.

나에게 보내는 위로

_남자 1호(입사 8개월 차)

취업 준비를 앞두고 내가 정말 하고 싶은 게 무엇인지, 좋아하는 게 무엇인지, 단순히 돈을 벌기 위해 취업을 해야 하는지 등 고민이 많았다. 입사 원서를 쓸 때도 자존감이 낮아지지만, 취업 후 막내로 시작하게 되면 나의 위치, 역할 속에서도 자존감에 대한 고민이 생긴다. 스스로에게 격려가 필요하다. 나를 믿어야 한다. 어른들이 해 주시는 충고, 조언이 공허할 때가 있다.

최근에 본 프로그램에서 종이접기처럼 (내가 다닐) 직장도 만들어 달라는 시청자의 말에 울컥하시면서 위로해 주시던 김영만 아저씨의 모습이 생각난다. 신입사원에게 '너는 왜?', '그것도 안 배웠어?'라는 말보다 '서툴러도 괜찮아', '힘들지?'라는 위로가 필요할 때다.

세상에 태어나 가장 많이 거절당하는 시기

_여자 3호(입사 8개월 차)

조용하고 소극적인 나를 진취적이고 열정적인 사람으로 포장해야 할 때, '나는 이런 사람'이라고 회사가 원하는 인재상, 양식에 맞게 포장해야 할 때가 가장 힘들었던 것 같다. 세상에 태어나 가장 많이 거절당한 시기가 아니었나 싶다. 자존감이 높은 편이었는데 이때는 좌절감도 많이 느꼈다.
직장 생활을 하면서 달라진 것이 있다면 전에는 거들떠보지도 않던 옷과 신발을 산다는 것. 누가 코디해 놓은 것을 세트로 구입하는 편리함이란.
내 시간에 대한 소중함도 생겼다. 하고 싶은 것이 있

으면 '퇴근하고 해야지' 하는데 회사 중심으로 시간이 흘러가다 보니 조금이라도 자투리 시간이 생기면 너무나 소중하다.
어둠이 무서운 것은 불을 켜는 직전까지만이다. 힘들기는 해도 두렵지는 않다. 충분히 잘하고 있으니까.

보이지 않는 압박

_여자 4호(입사 11개월)

참 많은 지원서를 써냈다. 나중에는 너무 많이 넣어서 기억이 나지 않을 정도로. 면접을 보러 오라고 하는 데는 생각보다 많지 않았다. 면접은 소개팅과 비슷했다. 긴장도 되고 떨렸지만, 기왕 보는 것 빨리 보았으면 좋겠다고 생각했다.
보이지 않는 압박 취업 경쟁률. 그 살벌한 경쟁을 뚫고 내 자리가 생긴 것은 여러모로 감사한 일이다. 하지만 새로운 문이 열리고 있다. 끝이라고 생각했던 것이 결코 끝이 아니었다.

'힘들지?'

'서툴지만 괜찮아.'

우리는 그렇게 서로를 위로했다.

'참 좋은 시절'

'참 힘든 시절'

시절은 누구에게나 있다.

훗날 지금 이 순간은 어떤 시절로 기억될까.

힘든 순간도, 다 포기하고 싶은 순간도 있었지만

가장 기억에 남는 순간이기를 바란다.

서툴지만

그래서

초년생이라는

이름이 붙지만

그럼에도

수고했어, 오늘도.

사축에게 다이어트란

일을 시작하면 두 부류로 나뉜다.

매일 앉아 있는 탓에 무럭무럭 살이 찌는 사람과

새로운 공간에 대한 적응, 긴장감으로 살이 빠지는 사람.

잦은 야근

원치 않는 회식

그로 인한 폭식
스트레스로 인한 군것질도
살이 찌는 데 한몫.

하나만 먹으면 되겠지?
그러면 되겠지?
그러다 정말 돼지가 됐다.
입사한 지 열 달 만에
12킬로그램이 쪘다.

그러다 결국
이 몸을 이끌고 앞으로 어떻게 출근할지 걱정스러워
다이어트를 결심했다.

하나. '다이어트 자극' 사진들을 보면서 각오를 다진다.
둘. 운동복을 구입한다. 신발은 옵션.
셋. 헬스클럽 6개월 등록 완료.

첫날은 의욕이 충만해
10킬로그램이라도 뺄 것 같다.
그렇게 열심히 다닌다.
일주일까지는.

그 후로는 다들 다이어트 하는지 어떻게 알고
짠 듯이
점심 약속
저녁 약속
술 약속을
잡는다.
약속마저 없는 날은
야근이 나를 기다리고 있다.

기껏 회사 근처로
비싼 돈 내고 등록해 놨더니
왜 가지를 못하니.

이럴 줄 알았으면

그냥

더 많이 먹고

다이어트 시작할걸.

건의함을 건의합니다

회사에 무기명 건의함이 생겼다.
아무래도 실명이 거론되면 자유로운 의견들이
나오기 어려우니까.

건의함 주변을 어슬렁거리다
고충 하나를 슬며시 적어 넣었다.

개선의 기미가 보이지 않아
건의했다는 사실조차 잊어 갈 무렵,
팀장님이 조용히 나를 부르셨다.

- 너냐
- 아닌데요
- 아니긴, 딱 봐도 너구만

익명은 익명인데
비밀은 보장되지 않는
이상한 익명.

지난 6개월간 텅 비었던 건의함에 날아든
말단 신입 사원의 패기 넘치는 건의에
팀장님은 위에 올릴 보고서를 만드셔야 한단다.
왜 진작 말하지 않았느냐는 질책 아닌 질책에는
원망이 잔뜩 섞여 있다.

그렇게 말씀하시는 팀장님께
나는 진지하게 묻고 싶었다.

앞에서 말할 수 있었으면
대놓고 건의할 수 있었으면
그건 고충이 아니잖아요.

입 조심하려고
입을 닫았더니
마음도 닫혔다.

보통의 주말

월.화.수.목.금

평일은 5일.

토.일

주말은 2일.

그러니 당연히

빨리 지나갈 수밖에.

일요일의 방콕.
무엇을 해도 심심한 이 시간,
잠을 자기에는 시간이 아까워
집 앞 카페라도 가야 직성이 풀린다.

여기서도
딱히 하는 것은 없다.
여전히
밍기적
밍기적.

집에서도
밍기적
밍기적.
책 한 권을
읽으려고 꺼내면

한 장을 30분째 읽는다.

방 정리 좀 하라는 엄마의 구박에
몸 좀 움직여 볼까 하면
몸이 천근만근.
어쩐지 쉬는 게 더 피곤해.

밤 9시.
맥주 한잔하자는 친구의 부름도 귀찮다.

그렇게 일요일이 끝나 간다.

여행지 베트남

에피소드 1

특가 항공 찬스

사진을 취미로 하게 되면서는 여행을 가도 늘 사진이 우선이었다. 그렇게 사진에 미쳐 있을 무렵 모 항공사에서 베트남 취항으로 특가 항공권이 나왔다. 금요일 밤에 출발해 월요일 새벽에 한국으로 도착하는 일정이었다. 퇴근 후 지친 몸을 이끌고 가야 하는 피곤함은 있지만, 휴가를 쓰지 않고 갈 수 있다는 것은 분명 장점이다.

직장 선배들 중에는 여름휴가를 휴양지에서 보내고 싶다는 사람들이 꽤 많았다. 처음에는 이해가 되지 않았다. 휴가라면 신나게 놀아야 하는 것 아닌가. 하긴 하루하루를 정신없이 보내는 그들에게 진정한 쉼이란 아무것도 하지 않는 상태였을지도. 그리고 생각했다. 호치민에 가면 나도 그냥 아무것도 안 하고 쉬어야지.

CÀFÊ - GIẢI KHÁT
NƯỚC NGỌT - ƯỚP LẠNH
SỮA ĐẬU NÀNH - RAU MÁ
SÂM LẠNH
SỮA ĐẬU NÀNH
CÀFÊ

VINASUN TAXI
51A-221.45

03X367A

지금은 여행 중

'빵빵빵.'

자동차 클랙슨을 울리며 지나가는 오토바이, 거리에서 맥주를 마시고 소리를 지르는 여행객 탓에 숙소의 좁은 방은 이미 소음으로 가득했다.

침대에 앉아서 돈을 죄다 펼쳐 놓고 머리를 쥐어뜯었다. 돈 계산에 능한 나도 베트남 돈 앞에서는 무릎을 꿇었다. 도대체 '0'이 몇 개야.

그렇게 첫날을 뜬눈으로 지새우고 충혈된 눈을 해서 조식을 먹으러 옥상에 올라갔다. 차려진 밥상은 조식이라기보다는 간밤에 주린 배를 조금 채워 주는 정도의 수준이었다.

속으로는 그렇게 생각하면서도 '이 정도면 훌륭하네'하고 딸기잼을 빵에 척 바른다. 하하, 여기는 딸기씨가 꼭 개미처럼 생겼네. 아무렴 어때. 여기는 베트남, 나는 지금 여행 중인데.

어린 뱃사공

메콩 강을 보러 가기 위해 투어를 신청했다. 예전 같았으면 대중교통을 이용해 가려고 했을 텐데 지금은 그럴 체력도 여유도 없다.
가기 전부터 나는 메콩 강에 집착 아닌 집착을 보였다. 보고 있으면 눈을 뗄 수 없었던 사진 한 장 때문이었다. 메콩 강에서 노를 젓는 한 아이의 모습이 계속 어른거려 무엇에 홀린 듯 이곳에 오게 되었다.
투어 초반에는 기념품 상점, 음식점을 돌아다니느라 뱃사공 아이를 보지 못했다. 원래 주인공은 마지막에 등장하는 법이니까. 투어 끝 무렵 둘씩 짝을 지어 나룻배에 올랐다. 부디 가벼운 사람과 한 조가 되길 바랐지만 덩치가 내 두 배가 넘는 인상 좋은 프랑스 아저씨와 한 배를 타게 되었다.
그렇게 우리는 다른 배들보다 더 깊이 들어간 상태로 천천히

그리고 느리게 흘러갔다. 흙색의 강물은 무엇을 담고 있는지 보여 주지 않았지만, 스쳐 지나가는 풍경들만으로도 이곳이 동남아의 젖줄임이 느껴졌다. 그나저나 앞으로 나아가지 못하고 계속 제자리인 듯한 것은 기분 탓이겠지. 우리 배만 유일하게 뱃사공이 어린아이였는데…… 괜히 미안해졌다.

무 이 네

사실, 호치민은 여행 전에 내 머릿속에 있던 그림과는 전혀 다른 곳이었다. 종일 오토바이가 지나다니고 북적거리는 사람들 틈에 있다가는 내 머리가 터질 것 같았다. 여행을 와서도 사서 고생하는 기분이었다. 결국, 정신없는 호치민을 벗어나 근교의 무이네에 다녀오기로 했다.

무이네에는 지프를 빌려 당일치기 여행을 다녀오는 프로그램이 많았다. 가이드 분이 뭐라고 열심히 말씀하시는 것 같은데

무슨 말인지 통 못 알아듣겠다. 호치민에서 오토바이 소리를 하도 들어서 그런지 머리가 멍했다.

한참을 달렸을까. 사막에 도착했다며 좋아하자 가이드가 웃는다.

- 여기는 사막이 아니라 사구예요

아무렴 어떠랴. 본능적으로 신발을 벗었다. 못생긴 발이 콤플렉스라 여름에도 양말에 운동화를 신는 나인데 모처럼 양말을 벗고 모래를 느껴 보았다. 작은 모래알들이 발가락 사이사이를 간질이는 기분이 나쁘지 않다. 모래에 발을 비볐다. 딱딱한 뒤꿈치까지 전해지는 까끌함이 좋다.

이렇게 모래와 교감하고 있는데 날씨가 시샘하는지 이내 하늘에 먹구름이 드리운다.

- 오늘은 일몰을 못 보겠는데?

- 아…… 아쉽네요

- 그러게. 아쉬우면 다음에 또 와

차마 다음에 또 오겠다는 말은 하지 못했다. 밥 한 번 먹자, 술 한잔하자는 말만큼이나 지켜지지 않는 말 '다음에 올게요'.
무이네의 첫날 밤이자 마지막 밤에는 〈고질라〉에 나올 법한 천둥 번개가 쳤다. 엄청난 파도의 높이에 호텔이 떠내려가지는 않을까 덜컥 겁이나 방을 바꿔 달라고 했다. 무심해 보이는 직원은 괜찮다고 시크하게 대답한다. 오전만 해도 숙소 전망이 '뷰티풀'이라며 엄지손가락을 치켜들었는데.

피 싱 빌 리 지

피싱빌리지를 가기 위해 새벽부터 일어났다. 간밤에 친 난리는 흔적도 없이 사라지고 새벽 바다는 고요했다.
있는 돈을 다 털어 택시를 타고 아침 일찍부터 피싱빌리지에 도착했다. 그런데 어딘가 조금 이상했다. 택시 기사가 내려 준 곳은 내가 가려던 피싱빌리지가 아니었다. 거듭 여기가 맞는지 물으니 전날 비가 와서 그렇다고만 한다. 다시 볼 일 없는 기사 아저씨인데 그렇게 말하니 괜히 약속했다.

숙소로 돌아가기 위해 택시를 탈까 했지만 돈이 부족해 하는 수 없이 버스를 기다리기로 했다. 수도 없이 지나가는 오토바이의 호객 행위에는 눈길도 주지 않고 있으니 버스 정류소에 서 있던 아이들이 나를 신기하게 바라본다. 학교에 가려 버스를 기다리고 있는 아이들이었다. 아쉬움만 가득 안고 돌아가기는 무엇해서 가만히 서 있는 아이 둘에게 말을 건넸다.

둘은 친구였다. 한 아이는 학교를 다녔고 다른 아이는 가정 형편이 어려워 학교를 다니지 못했다. 그 사실이 뭐가 중요하냐는 듯 둘은 해맑게 웃으며 말했다.

- 우린 친구예요

- 태어날 때부터 친구였어요

장난기 가득한 둘의 모습을 찍어 들고 있던 포토 프린트기로 뽑아 주었다. 사진을 처음 본 아이들은 신기해하며 물었다.

- 왜 이런 걸 주는 거예요?

- 그냥 좋아서. 사진을 찍고, 이렇게 뽑아서 선물하는 게 좋아

- 매일 이렇게 해요?

- 아니, 여행을 다닐 때만 해

- 좋아하는 일이라면서 왜 여행을 다닐 때만 해요?

- 그러게…… 여행을 다닐 때만이라도 할 수 있는 게 어디야

- 그 말은 좀 어렵네요

피싱빌리지의 사진은 담아 오지 못했지만, 버스를 기다리며 아이들과 이야기를 나누었던 20분의 시간은 참 좋았다.

어렵게 도착한 호텔 앞에서 가만히 생각했다. 어제까지는 배탈을 걱정하느라 반미를 입에 댈 생각도 못 했는데 어쩐지 오늘은 도전해 보고 싶어졌다. 까짓, 배탈 좀 나면 어떨까 싶어서.

여행지

캄보디아

에피소드 2

첫 패키지여행

여행의 시작은 언제부터라고 할 수 있을까. 여행의 설렘은 계획 단계부터 시작되니 가겠다고 마음먹은 순간부터 여행은 시작되지 않을까.

여행을 좋아하는 나지만, 손가락 하나 까딱할 힘도 없을 때가 있다. 여행 계획은커녕 팀장님의 휴가가 곧 나의 휴가일 때도 있다. 그런 귀찮음을 핑계로 나는 평소 꿈도 꾸지 않은 패키지 여행을 결심했다. 캄보디아는 패키지여행으로 다녀와도 좋다는 주변의 조언이 나의 결심을 굳혔다.

다른 것은 몰라도 여행 앞에서 만큼은 게으름 피우지 않는 나인데 그때는 왜 그렇게 모든 게 귀찮았을까. 좋아하는 여행도 귀찮아질 만큼 삶이 팍팍했던 것일까.

CAMBODGE
CAMBODIA

1달러가 뭐라고

전 세계에서 빈부 격차가 심한 나라로 손에 꼽히는 나라, 캄보디아. 이곳에서는 비자 수속을 밟을 때 여권과 함께 1달러를 내면 보다 빨리 처리된다고 했다. 그 말이 사실인지 궁금해 친구와 나는 모험을 해 보기로 했다. 친구는 1달러를 내고 나는 내지 않았다.

그러자 비행기에서 같이 내린 사람들이 여권을 다 받아 갈 때도 나는 받지 못했다. 정말이지 맨 마지막에 여권을 받았다. 기다림에 지친 나는 화가 났지만 이것도 경험이려니 하고 꾹 참았다. 그런데 이번에는 입국 심사대에서 1달러를 요구하는 것이 아닌가. 대체 왜?

그렇게 비행기에서 내려 공항을 빠져 나오는데 진이 다 빠졌다. 가장 먼저 나를 반긴 것은 텅 빈 벨트에서 혼자 돌아가고 있는 짐 가방 하나. 패키지여행은 모르는 사람들과 함께 다니는 여행이라 시간 약속이 중요한데 1달러 때문에 버스도 가장 늦게 탔다. 어찌나 민망하던지……. 지쳐 멍하니 있는 내게 가이드가 다가와 말했다.

- 1달러 안 냈죠?

- 네, 그런데 왜 우리나라 사람들만 1달러를 내는 거죠? 다른 외국인들은 안 내던데……

그랬다. 우리나라 사람들이 소지한 초록색 여권은 그들에게 1달러나 마찬가지였다. 무엇이든 '빨리 빨리'를 외치는 우리나라 사람들에게 그들은 당연한 듯 1달러를 요구하고 있었다. 믿거나 말거나이기는 하지만, 정말이지 그곳에서 우리나라 사람들은 예외 없이 손에 1달러를 쥐고 있었다.

아는 만큼 보이는 여행

같이 여행하는 사람들 중에 유독 한 꼬마가 눈에 들어 왔다. 꼬

마는 캄보디아의 역사, 앙코르와트에 관한 책을 들고 다니며 가이드에게 이것저것 물어보았다.
처음에는 방학 숙제인가 싶었는데 보통 열성이 아니라서 말을 걸었더니 다른 나라에 오는데 이 정도는 공부해야 하는 것 아니냐며 할 말을 잃게 만들었다.
저런 꼬마도 있는데 역사책 한 권 읽지 않고 온 나라니. 시험 때문에 어쩔 수 없이 역사를 공부해 흐름이 아닌 정답만 꿰고 있는 내가 부끄러웠다.
앙코르와트의 해자부터 천천히 걸어 들어가는데 수천 년의 역사 속으로 거슬러 올라가는 기분이다. 한때 아시아 최고의 왕족이었던 이들은 언제부터 이렇게 빈부 격차가 나기 시작했을까.

우 기

내가 갔을 때 캄보디아는 우기였다. 매일매일 비가 온다기보다는 갑자기 쏟아지는 스콜과 만날 때가 더 많았다. 여름휴가를 위해 샀던 예쁜 원피스는 쏟아지는 스콜 앞에서 무용지물이었다. 앙코르와트를 중간 쯤 보았을 때였을까. 엄청난 스콜이 쏟아졌다. 순간 어디로 가야 할지 몰라 우왕좌왕하는데 내 앞으로 한 무리의 꼬마들이 우비를 들고 뛰어다녔다.

- one dollar!

- one dollar!

갑자기 내린 비를 피하기 위한 사람들과 그런 비가 반가운 아이들. 비를 맞으며 천진하게 뛰어다니는 아이들을 보니 어쩐지 나도 비가 반가워졌다.

내게는 잊지 못할 순간들

내가 여행지에서 감동을 느낄 때는 화려하고 특별한 순간이 아닌 평범하고 일상적인 순간과 마주할 때다. 고동치는 심장 소리가 아닌 느리게 전해지는 박동이 순간순간 내가 살아 있음을 느끼게 한다.

앙코르와트 주변은 네모 모양으로 유적들이 다 모여 있다. 툭툭이를 타고 희미한 바람을 맞으며 달려가다 보면 옛 도시가 눈앞에 펼쳐진다. '아는 만큼 보인다'는 말을 믿지 않았는데, 앙코르와트는 정말이지 아는 만큼 보인다. 패키지여행이라 이곳저곳을 자유롭게 누비고 다닐 수는 없었지만, 어딘가 모르게 알차다. 방학 숙제 계획을 짜 놓고 동그라미를 치는 기분이랄까. 확실히 매체가 전해 주는 감동은 실제를 뛰어넘지 못한다. 막상 보면 형언할 수 없는 감동이 밀고 들어온다. 내게는 앙코르와트가 그랬다.

톤레삽 호수

캄보디아 여행을 계획하며 앙코르와트 외에는 다른 곳을 생각해 보지 않았는데, 그래서인지 톤레삽 호수는 내게 뜻밖의 감동을 주었다. 세계에서 가장 중요한 내륙 어장 중 하나인 이 호수는 동남아시아에서 가장 큰 호수이다. 호수에는 베트남전 당시 공산 정권을 피해 캄보디아로 피난 온 베트남 난민들과 극빈층의 캄보디아 사람들이 수상 마을을 이루어 살고 있다. 우기가 되면 수면이 평소의 6배로 불어나는데 호수의 진면목을 보려면 이때 와야 한다. 하늘과 호수의 경계가 보이지 않을 정도로 신비로운 장관이 펼쳐진다.

다른 의미로 잊지 못할 풍경도 있었다. 황홀했던 톤레삽 호수와 대비되는 난민들의 삶은 두고두고 지워지지 않을 깊은 인상을 남겼다.

육지가 아닌 물 위의 삶이 자연스러운 그들. 그런 그들의 일상

សាលា រៀន ភូមិ 7
TRUNG TÂM GIÁO DỤC & TỪ THIỆN
NUÔI DẠY TRẺ EM NGHÈO

을 신기하게 보고 있는 나. 여행자의 눈을 빌려 유랑하듯 그들의 삶을 훔쳐보고 있는 것이 못내 미안했다.

패 키 지 여 행

패키지여행의 장점이라면 굉장히 편리하다는 것.
국내 식당에 버금가는 한식을 먹을 수도 있고
일정 걱정도 없으니
부모님과 함께 오면 더할 나위 없이 좋다.

1년을 꼬박 기다린 휴가는
비가 많이 와서 수영도 한 번 해 보지 못했고
비가 많이 와서 거리를 자유롭게 다닐 수도 없었고
비가 많이 와서 앙코르와트 일출은 보지도 못했다.

하지만
동남아의 스콜도 경험했고
비가 많이 와서 카페에 앉아 시원한 맥주를 마시며
멍도 실컷 때렸고
모처럼 제대로 쉬는 여행을 했다.

휴가를 마치고 귀국하는 비행기에 오르자 메시지가 뜬다.
메신저 프로필 사진이 바뀐 것을 보고 엄마가 보낸 것이었다.
'니 캄보디아가? 엄마 거기 읏씨 가고 싶었는데 니만 갔나.'

여행지 홍콩·마카오

에피소드 3

가을 방학

여름휴가를 기다리지 않는 직장인이 세상에 있을까. 술 마신 다음날 해장은 커피가 진리고 여독은 일로 풀어야 하는 것이 맞나 보다. 출근해 책상에 앉으면 10초 만에 여독이 풀린다. 여독보다 진한 일상의 피로. 어떤 때는 내가 휴가를 다녀온 게 맞나 싶다. 다시 일상이다.

그렇게 지쳐 동태눈을 해서 한 달쯤 지내다 보면 민족 대명절 추석 연휴가 나를 유혹한다. 그러면 나도 모르게 남은 카드 할부금을 확인하고, 다시 할부를 긁는다. 할부 갚는 맛에 회사를 다닌다는 자기 합리화가 이럴 때는 꽤 유용하다.

사실, 연휴가 반가운 것은 아직 혼자이기 때문인지도 모른다. 연휴가 다가올수록 낯빛이 변하는 팀장님, 신혼이라 아직은 괜찮은 대리님, 결혼 재촉에 벌써부터 머리가 아픈 대리님, 빨간 날이라면 무조건 좋은 나. 연휴를 피하고 싶은 자와 즐기려는

자 사이의 팽팽한 긴장감.
아무렴 어떠랴. 지금 즐기지 않으면 또 언제 즐길 수 있을까. 멀리 가지는 못해도 연휴에 여행을 가니 가을 방학을 선물받은 기분이다.

취향의 문제

명절 연휴는 언제부터인가 제2의 성수기가 되었다. 뉴스에서는 늘 불경기라고 떠들어 대는데 나만 불경기인가 싶다. 유독 수화물이 늦게 나오는 홍콩 공항을 빠져나와 호텔에 체크인을 하고 한숨 돌린다.
- 넌 정말 대단해. 그 머리가 공부에도 쓰였으면 좋았을 텐데
- 그러게 말이야
친구들 사이에서 나는 내비게이션으로 통한다. 한 번 갔던 곳은 신기하게 다 기억이 나고, 웬만한 곳은 지도만 보면 다 찾

知 足
正宗足底按摩 歡迎男女賓 5/F
押
金太郎
的士
TAXI
Pedestrian Area
行人專用區
All Vehicles Prohibited

永興隆窗簾布藝
家餅趣奇
足跡
TEL:2393 8698
莊香祥生福
New York Station
LEONA
Wacoal
Triumph
馬維邦
跌打
骨醫
中國醫藥治療院
中醫全科
治療推拿
骨傷科
針灸
風濕痹痛
痔漏
樂美足
1/F 2214 9995
樂蕙髮型設計
Harmony Hair Design

아갈 수 있다. 아쉬운 점이 있다면 어디를 가도 목적지 찾기에만 바쁘다는 것?

여기서도 그랬다. 오기 전에 맛있는 망고 주스 가게가 있다며 대리님이 꼭 가 보라고 해서 열심히 찾아갔더니 다들 'A1 노 젤리'를 외치고 있었다. 그렇게 외치는 사람은 전부 한국인들이었다. 누가 먼저 외치기 시작했을까. 입맛이 비슷할 수는 있지만 똑같이 맞출 필요는 없다고 생각하는데. 입맛을 맞추는 것은 회사 점심시간만으로도 충분하니까.

일종의 습관인데 나는 같은 나라를 두 번 여행할 기회가 생기면 전에 갔을 때 좋았던 곳을 꼭 한 번 다시 가 본다. 홍콩에서 좋았던 곳은 다닥다닥 간판들과 함께 보이는 파윤시장이었다.

- 여기야! 내가 전에 말했던 곳

- 여긴 그냥 시장이잖아

- 그래도 좋잖아. 그럼 뭘 기대한 거야?

- 멋진 풍경이나 호텔 분수 쇼 같은 것?
- 난 그냥 내가 좋아했던 곳을 너에게 보여 주고 싶었을 뿐이야
하지만 퉁명스러운 반응을 보인 친구도 결국 파윤시장의 분위기에 매료되었다.

나 만 의　여 행 지

여행을 가기 전에 정보를 찾으면 유명한 맛집, 관광지가 나온다. 그런 데를 가면 한국인만 바글바글하다. 다들 같은 곳에서 정보를 찾아서겠지.
내게는 색다른 곳이 필요했다. 어느 영화처럼 지나가는 이에게 '여행지 좀 추천해 주세요'라고 해 볼까도 했지만 언어가 통하지 않는다. 결국, 호텔 프런트로 향했다.
- 근교에 버스 타고 갈 만한 좋은 곳이 있나요?
- 흠…… 스탠리 마켓이 어울릴 것 같은데?

BIG BUS
BIG BUS

Délifrance
MONEY
LOFT

나를 잘 안다는 듯 자신 있게 추천하는 모습 때문이었을까. 왠지 모르게 가고 싶어졌다.

빅버스를 타고 스탠리 마켓으로 가는 길, 2층 맨 앞자리에 타고 싶어서 제일 먼저 탔는데 얼마 지나지 않아 후회가 밀려왔다. 더워도 너무 더운 것이었다.

얼마쯤 지났을까. 도심 속 빌딩 숲을 지나 30분을 달리니 바다가 보이기 시작했다. 더위와 맞바꾼 멋진 풍경을 질리도록 바라본다.

스탠리 마켓의 음식점 거리는 스탠리 베이를 따라 노천카페와 바Bar가 있어 맥주 한잔 시켜 놓고 한가롭게 시간을 보내기에 그만이다. 햇살을 즐기는 외국인들이 많아 유럽의 한 바닷가를 연상하게 한다. 홍콩에 이런 곳이 있다니. 높은 빌딩과 차들로 정신없이 북적이는 도심과는 달리 포근한 곳이었다.

호텔에 돌아오니 잘 다녀왔느냐며 아는 척하는 직원에게 말없이 엄지손가락을 들어 보였다. 그는 수줍게 나의 손을 바라보더니 궁금한 것이 있으면 언제든 물어보라며 어깨를 으쓱였다.

마카오 페리 여행

페리를 타고 마카오로 이동하면서 생각했다.

'마카오 하면 카지노지!'

막상 카지노에 가 보니 내가 사는 곳과는 다른 세계라는 기분이 들었다. 정신없이 돌아가는 숫자들, 화려한 장식들 틈에서 내가 아는 돈의 가치와 그들이 생각하는 가치는 사뭇 달랐다. 그런 그들의 모습이 부러워지다가도 문득 그런 생각이 들었다. 얼마가 있으면 나는 행복할 수 있을까.

'학자금을 갚으면서 더는 빚 없이 살겠다고 다짐했는데, 집을 사려면 어쩔 수 없이 빚을 내야겠지', '이렇게 돈 벌어서 언제 집 사고, 애를 낳냐', '대체 언제. 이러다 사표는 낼 수 있을까?'.

澳門四邑同鄉會
何東圖書館
BIBLIOTECA SIR ROBERT HO TUNG
Sir Robert Ho Tung Library
崗頂前地
LARGO DE SANTO AGOSTINHO
St. Augustine's Square
聖老楞佐教堂
IGREJA DE S LOURENÇO
St. Lawrence's Church

그랬다. 그곳은 내가 오래 서 있을 수 없는 공간이었다.

여행지를 기억하는 맛

마카오를 대표하는 세나도 광장은 수많은 관광객들로 늘 북적인다. 규모도 굉장히 작고 눈에 띌 만한 특징은 없으나 아기자기한 가게들과 산책하기 좋은 위치 덕에 많은 이들이 방문한다. 무엇보다도 이곳에는 에그타르트로 유명한 베이커리가 있는데 진하게 풍겨 오는 달콤한 향기에 그냥 지나치기가 쉽지 않다. 에그타르트 맛이 다 거기서 거기라고 생각하겠지만, 이곳의 에그타르트는 정말 두 눈이 튀어나올 정

陪您度過25年
1989-2014
in business
for 25

春接福
五福臨門
財如人
家有福

RUA DOS MERCADORES

도로 맛있다.

이렇게 콜로안 빌리지에서 든든하게 배를 채운 뒤 작은 버스를 타고 타이파 빌리지로 향했다. 버스 안의 실내 장식부터 스쳐 가는 풍경들을 넋 놓고 보는 내가 신기했는지 기사 아저씨가 연신 바라본다.

타이파 빌리지에 도착해서는 쿤하 거리로 향했다. 백여 걸음이 채 안 되는 짧은 골목은 육포와 쿠키 냄새로 진동한다. 한 아이스크림 가게에 사람들이 떼로 줄을 서 있어 나도 모르게 호기심이 발동했다. 그중 가장 인기 있다는 '두리안 아이스크림'. 맛은 생각보다 괜찮았다. 다만 먹을 때는 몰랐는데 냄새가 고약하다. 나도 모르게 친구를 옆에 두고 트림을 했더니 친구가 각자 갈 길 가자며 등을 보였다. 입안의 두리안 냄새는 한국에 도착할 때까지 빠지지 않았다.

客满
FULL
HOUSE

100년 전통의 호텔

마카오 관광지 근처에는 숙소가 마땅치 않았다. 전부 비싼 호텔뿐이었다. 그래서 숙박비도 아낄 겸 100년의 전통을 자랑하는 한 호텔에 묵었다. 예약할 때도 간단한 메일만 주고받은 것이 전부라 잘못되어 있으면 어쩌나 반신반의했는데 숙소 찾기는 생각보다 수월했다.

문제는 같이 간 나와 친구가 100년의 세월을 간과했다는 것. 좁은 방과 방 사이. 수많은 사람들이 누웠다 간 흔적이 고스란히 남아 있는 침대. 눅눅한 침구. 이끼가 잔뜩 껴 어항인지 세면대인지 구분이 안 가는 세면대는 배수가 잘 안 되는지 양치만 해도 금세 물이 찼다. 침대에 누워 천장을 보니 방과 방은 판자 하나로 아슬아슬하게 나뉘어져 있었다. 그 사이로 알아들을 수 없는 각국의 언어들이 들려왔고 그 틈에서 나는 쉽게 잠을 이루지 못했다.

문득 재수 시절 기숙 학원이 떠올랐다. 그 좁은 공간이 다시 그리워지다니. 숙박비 아끼려다 잊지 못할 추억 하나를 덤으로 얻었다.

그래도 우리는 그 열악한 환경 속에서도 코를 골며 잤고, 영화 〈도둑들〉의 한 장면을 흉내 내기라도 하듯 발코니에 서서 사진도 찍었다. 어디서든 잘 살아남을 수 있을 것 같다는 묘한 확신도 들었다.

사실, 홍콩과 마카오는 워낙 좁은 땅에 사람들로 북적이기에 여유를 기대하고 가면 실망할 수 밖에 없다. 하지만 나는 여유가 없으면 없는 대로 북적이면 북적이는 대로 다 좋았다. 아무렴, 회사만 안 갈 수 있다면야.

PART 3

회사 생활 에피소드

여행지 에피소드

애 哀

퇴근하고 막차를 타고 진해로 내려가는 길이었다.
앞자리의 아주머니 한 분이 연신 휴대폰을 보고 계셨다.
깜깜한 버스 안에서 새어 나오는 불빛이 신경 쓰여
나도 모르게 앞으로 고개를 향하게 되었다.
아주머니는 울고 계셨다.

예의가 아닌 줄 알면서도

자세히 본 아주머니의 휴대폰.

'엄마! 오늘 옷 사 줘서 고마워요.

나 꼭 취업할 테니까 내 걱정 말고 조심히 내려가세요.'

그 불빛에 잠시나마 짜증을 낸 내가 원망스러웠다.

엄마는 동네북이 아니다 1

- 하나
- 둘
- 셋
- 퍼뜩 안 인나나!

열 개의 알람보다 더 강력한

엄마의 잔소리에 일어나

부리나케 씻고 나와 옷을 입으면

그 옆에 서서 뭐라도 먹고 가라며

챙겨 주는 엄마.

그런 엄마에게 내가 늘 하는 말은

- 늦었어

- 늦었다니까

- 지각이야, 지각

그러면 엄마는 뒤돌아서서 그런다.

- 쟤는 맨날 늦었대

지하철에 올라 숨이라도 고를 여유가 생기면

그제야 엄마의 쓸쓸한 뒷모습이 떠올라

반성하게 된다.

'엄마, 미안해. 내가 사랑하는 거 알지?'

그렇게 문자 한 통 보내는 걸로 마음의 짐을 덜어 본다.

엄마는 동네북이 아니다 2

엄마는 매번 같은 것을 묻는다.

- 밥은 먹었니?

- 언제 퇴근하니?

- 야근하니?

- 조심히 오고 있지?

그럼 나는 한결같이
성의 없는 대답으로
엄마를 실망시킨다.

엄마와 나의 대화는 늘 그런 식이다.

집에 오면 피곤하다는 핑계로
씻고 방에 들어가 나오지 않는 나.
그런 나라도 보고 싶어
조심스럽게 문을 열고 들어오는 엄마.
그런 엄마의 손에는 여지없이 과일 접시가 들려 있다.

그렇게 나는 얼음장처럼 차가웠고
나만의 성에 갇혀 주위 사람들을 얼게 하고 있었다.

소중한 사람들에게 내가 지금 무슨 짓을 하는 거지?
돈 버는 게 뭐 그리 대단한 벼슬이라고
소중한 사람들을 다치게 하고 있었을까.

팀장님도 집에서는 엄마

화요일쯤 되면

돌아오는 주말에는

기필코 무언가를 하겠다고 결심하지만

막상 주말이 다가오면

정말

아무것도 하기 싫어진다.

어느 나른한 주말
친한 언니에게서 연락이 왔다.
회사가 바빠 주말 출근을 해야 하는데
조카를 맡길 데가 없다고 했다.

주말의 귀찮음을 떨쳐 내고자
조카를 데리고 근처 공원으로 향했다.

조카는
정말이지 열심히 뛰어놀았다.
그 모습을 뒤로하고 주위를 둘러보니
자녀들과 같이 나온 부모님이 보였다.
한없이 늘어지고 싶은 마음을 꾹 참고
이곳에 나와 있을 그들이 존경스러웠다.

문득, 지난주에 팀장님이 나를 회의실로 부르신 것이 생각났다.
내내 안색이 좋지 않아 무슨 일이 있으신가 했는데……
회의실로 가는 짧은 시간 동안 많은 생각이 들었다.

- 내가 뭘 잘못했지?

- 메일을 잘못 보냈나?

회의실에서 팀장님이 나를 앉혀 놓고 하신 말씀은 뜻밖이었다.

- 애를 맡겨야 하는데 A 유치원도 되고, B 유치원도 추가 합격이 되었더라고. 그런데 여기에 여러 가지 문제가 맞물려 있어서 고민이야. 너라면 어떻게 하겠어?

두서없이 썼지만, 지난주 내내 식사도 못 하시며 걱정하셨던 일이 아이들 유치원 선택이었다니…….

나도 모르게 잊고 있었다.

팀장님이 쌍둥이를 둔 한 가정의 어머니였다는 것을.

나는 아직

미혼이고

아이도 없지만

언젠가는

나도

그렇게 되겠지.

그러고 보면 내가

- 대리님

- 과장님

- 부장님

이렇게 부르는 사람들도

누군가의 아버지, 어머니이다.

회사 책상에 나란히 놓인 가족사진, 아이들 사진에

남모르게 웃으며 힘을 내는 그들이 새삼 대단해 보인다.

어느 순간부터 딸들은 아빠와 서먹해지고

엄마랑 더 가까워진다.

어릴 때 나는 아빠랑 굉장히 친했고 가까웠다.

무전여행도 같이 가고

고민이 있으면 엄마보다 아빠에게 먼저 말했다.

한때는 엄마랑 친하게 지낼 수 있을지가 고민인 적도 있었는데

지금은 아빠가 서운해하실 정도로 엄마와 더 가깝다.

하지만 직장 생활을 하다 보니 아빠 생각이 날 때가 많다.

전에 아빠는 퇴근해 집에 오면 피곤하다는 이유로
텔레비전과 소파를 독차지하셨다.
쭉 늘어난 러닝을 입고 누워 계신 모습을 보면
회사에서는 어떤 모습이실지 궁금하기도 했다.

어려서 나는 아빠의 사회생활을 이해하지 못했다.
선배, 후배, 동기들을 챙기느라 늘 술이셨던 아버지를
주말이면 회사에서 걸려 오는 전화에 줄담배를 피우시던
아버지를 이해할 수 없었다.

그렇게 아버지와 멀어져 갈 때쯤
아버지의 40년 지기 죽마고우 친구들과 만나게 되었다.
나보다 나의 아버지를 더 오래 봐 온
그분들에게 평소 궁금했던 것을 물어보았다.

- 아버지 고등학교 때는 어떠셨어요?
- 군대 가기 전에 여자 친구는 있었어요?
- 친구들 사이에서 아버지는 어떤 분이세요?

- 겁쟁이었지. 무슨 발표만 시키면 벌벌 떨었어
그래서 우황청심환이 필수였어. 말에 논리는 있었는데
- 엄청 울보였지. 회사 생활하면서 술만 마시면 힘들다고
어찌나 울었는지. 사표 쓴다고 매일 노래를 불렀지

아버지와 나는 많이 안 닮았다고 생각했는데
말씀을 듣고 있으니 깜짝 놀랄 만큼 비슷했다.
역시 이래서 피는 못 속인다고 하는 것인가.

전과는 다른 이유로 살기 힘든 요즘이지만
아버지 때나 지금이나
그 시기를 지나면서 하는 고민은 다 비슷한가 보다.

아버지가 하셨던 고민

이루고 싶던 꿈
자신을 희생해서라도 지키려던 가족들…….

그동안
남모르게
미워했던
날들이 생각나
나도 모르게 눈물이 났다.
그냥 눈물이 쏟아졌다.

선배의 구박
후배들의 눈치
부인의 잔소리
자식들의 등쌀
그것들을 몸소 다 겪어 내신
아버지가 새삼 대단해 보였다.

LOTTERIA
LOTTERIA
LOTTERIA
LOTTERIA

혼자 밥 먹고 싶은 날

회사 생활을 하다 보면 일보다 사람에게 지칠 때가 많다.
점심시간이라고 예외는 아니다.

음식만큼은 좋아하는 사람들과
즐겁고 맛있게 먹어야 한다는 주의인데
요즘은 살기 위해 그냥 먹는다.

그러다가도
가끔은 맛있는 밥이 먹고 싶을 때가 있다.

그런 날에는 남대문 시장 갈치 골목으로 간다.
맛도 맛이지만
북적이는 사람들 틈에서 나 혼자라는
여유가 너무 좋다.

혼자
밥을
먹고
싶을
때가
누구에게나
있으니까.

회사 생활 에피소드 7

출근길에 문자를 보낸다.

'오늘 술 한잔하자'.

'그래'.

'칼퇴?'.

'응!'.

하지만

퇴근이 가까워질수록

다리가 떨린다.

심장이 두근두근.

퇴근 10분 전

급하게 잡힌 회의 소집 문자.

그럼 그렇지.

내 이럴 줄 알았지.

'친구야 미안하다, 갑자기 회의가……'.

'그래, 어쩔 수 없지 뭐'.

그렇게

말만 바꿔서

'친구야 미안하다, 갑자기 회식이……'

'친구야 미안하다, 갑자기 부장님이……'

친구들 만나기가

언제부터 이렇게 어려워졌을까.

애사심은 결국 짝사랑

한 친구가 내게 그런 말을 했다.

- 일 적당히 해. 너무 애 쓰지도 말고.

그러면 그럴수록 너만 힘들어져

마음 다쳐 가며

정도 주고

마음도 주고

그렇게 다 줘도

나는 그에게

너무 작은 존재.

회사는 회사일 뿐.

의욕 넘치던

새해도 반 이상이 지나갔다.

자기 계발에

다이어트에

운동에

취미 생활은

말 그대로 꿈만 꾸다 말았다.
이제는 주말에 씻기도 귀찮다.

실시간으로 올라오는 SNS를 들여다보고 있으면
다들 어쩜 그렇게 잘 놀고 잘 쉬는지
나만 이렇게 재미없게 사나 하는 생각이 든다.

직장 생활 하면서 늘어난 것

욕

주름

뱃살

한숨

정치 불만

그리고
혼잣말

나는 경상남도 사람이다.

모름지기 대학은 서울로 가야 한다는 아버지의 야망과
나의 욕심으로 서울 생활을 시작한 지 언 7년.
정말이지 사는 게 녹녹치 않다.
처음 서울에 왔을 때는

공공장소에서 전화를 받지 않았다.
나도 모르게 사투리가 튀어나올까 봐.
특히, 고향에서 가족들이나 친구들이 하는 전화는 금물이었다.
하지만 나도 모르게 흥분하거나 화를 낼 때는
어김없이 사투리가 나왔다.

그렇게 시작한 서툰 서울살이도
이만큼 하고 보니 적응이 되는 것 같다.
숨도 제대로 못 쉬는 빽빽한 지하철을 피하는 요령도 생기고
고향 친구들이 서울에 올라와 어디 가 보고 싶다고 하면
말로는 촌티 난다고 구박하면서도
가이드를 해 줄 수 있어 내심 뿌듯하다.

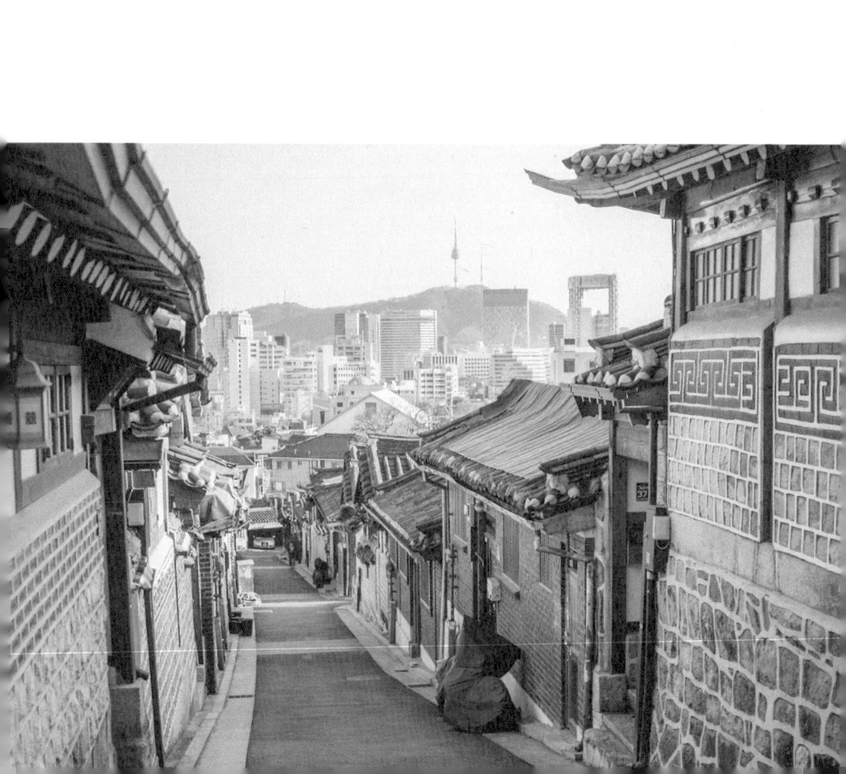

절친한 동기의 퇴사

입사부터 지금까지

동고동락하며 지냈던 동기가 회사를 떠났다.

동기는 퇴사 일자가 정해지고도

정말 회사를 그만두나 싶어

실감이 잘 나지 않았다고 했다.

끝까지 퇴사를 말리는 나에게 동기는 말했다.

- 그냥 아무 말 말고 응원해 주면 안 돼?

이렇게 살면 죽을 것 같다고 하는 그에게

배부른 소리라며 나무라기도 했지만

실은 진심으로 말릴 수가 없었다.

그렇게 살기에는 시간이 너무도 빨리 지나가고 있었다.

- 처음에는 다들 그런데……

하나둘 떠나보내다 보면 나중에는 아무렇지 않아지더라

아무렇지 않아지더라는 대리님의 말……

그 말에 가만히 고개를 끄덕이게 되는 날이 내게도 올까.

여행지

체코

에피소드 1

어느덧 3년 차

입사의 달콤함도 잠시, 이곳에는 3년만 있자고 생각한 때가 있었다. 돌아보니 어느덧 나는 3년 차에 접어들고 있었다. 익숙해진 업무에 가끔은 요령도 피우고 매월 꼬박꼬박 들어오는 월급에 점차 괴물이 되어 갔다. 동기들은 하나둘 이직을 고민하고 퇴사를 준비했다. 여기까지 그렇게 힘들게, 어렵게 와 놓고 왜 포기하는 것일까.

그렇게 동기들을 하나둘 떠나보내고 거울 속의 내 모습이 내 모습 같지 않을 때, 나는 내가 많이 지쳐 있음을 깨달았다. 그래서 결심했다. '여름휴가를 예정보다 조금 빨리 쓰자!'

떠나고 보면 알게 되는 것들

휴가 전날까지 업무 인수인계를 하고 하던 일을 마무리하다 보면 가방을 싸는 것도 귀찮아진다. 이른 휴가 탓에 나는 비행기

탑승 직전까지 일을 해야 했다. 내가 지금 여행을 가는 건지 출장을 가는 건지 구분이 되지 않는 순간이었다.
그래도 여행을 간다는 설렘 때문인지 비행기 안에서도 잠이 오지 않았다. 영화를 두 편이나 내리 보아도 아직 멀기만 한 내 생애 첫 유럽 여행지 프라하. 대학생 때는 돈이 없고, 이제는 시간이 없다는 핑계로 미루기만 했던 유럽 배낭여행. 시간이 더 지나면 다리가 후들거려 못 다니겠지.
시차가 달라도 업무는 계속됐다. 마음 편히 휴가를 즐기기란 너무 큰 욕심인 것일까. '에라 모르겠다' 하고 휴대폰을 꺼 두고 싶지만 그랬다가는 영영 꺼지게 될 수 있으니 항상 전원을 켜 두어야 한다.
하지만 하루라도 자리를 비워 보면 알게 된다. 세상에 내가 없으면 안 되는 일 같은 것은 없다. 내가 없어도 어떻게든 다 돌아간다. 나는 그저 커다란 기계의 부속품일 뿐이다. 나의 부재를 느끼

CAPE POINT
wine bar
CAPE POINT
CAPE POINT

17
8451

는 사람보다 나의 존재 자체를 모르는 사람이 회사에는 더 많다.

첫 느낌

프라하의 첫 느낌은
도쿄에서 느낀 차가움
인도에서 느낀 습함
태국에서 느낀 흥겨움과는
전혀 다르다.

버스 창문 밖으로 보이는
빨간 트램이 나를 반겨 준다.

이 다리 위는 다 내 거

시차 적응이 되지 않아 새벽 5시에 카를교로 나갔다. '프라하'

하면 사람들이 가장 먼저 떠올리는 카를교. 세계에서 가장 아름답고 사랑스러운 다리는 낮이면 사람들로 붐비지만, 새벽에는 온전히 나만의 것이 된다.
다리 위로 새벽의 차가운 습기가 올라오지만, 개의치 않는다. 부지런한 여행자들은 삼각대를 놓고 사진 찍기 바쁘다.
중세의 다리는 성과 마을뿐 아니라 삶과 세월을 잇는 통로였다. 이 다리 위로 얼마나 많은 사람들이 지나갔을까. 그런 생각을 하니 얼굴도 모르는 이들의 이야기가 머릿속에 그려졌다.
얼마나 생각에 잠겨 있었을까. 블타바 강 너머로 해가 떠오르기 시작했다. 다리 건너편 프라하 성이 빛에 반사되어 춤을 춘다.

비는 로맨틱한 존재

날씨는 여행에서 많은 변수를 가져 온다. 결론부터 이야기하면 여행을 하는 6일 중 딱 하루만 날씨가 좋았다. 나머지는 다

비가 왔다. 봄 날씨를 예상하고 갔기에 옷은 평소보다 얇았고 갑자기 소나기라도 내리면 구경하다 말고 어디로든 들어가 언제 그칠지 모르는 비만 야속하게 바라보았다.

- 이건 분명 팀장님의 저주야

예상치 못한 소나기에 짜증도 내 봤지만 이 좋은 곳에서 인상을 찌푸리고 있는 사람은 나뿐이었다. 우비를 입고 비를 맞는 사람들, 우산 없이 비를 맞는 사람들 모두 이 어쩔 수 없는 상황을 즐기고 있었다. 무엇을 해서 즐거운 사람들이 아니라 무엇을 해도 좋은 사람들 같아 보였다.

그 순간 빗물에 반사된 프라하의 도심이 내 눈에 들어왔다.

또 다른 여행자의 모습

여행을 가면 나도 여행자이지만, 다른 사람들은 어떻게 다니는지 궁금해진다. 그럴 때는 빼곡한 일정표를 잠시 덮고 허름

80 m
SUSHI
Slovanský dům
zahrada
garden
open
daily:
11.00
23.00
HOTEL
SMÍCHOV
VINOHRADY
MUZEUM
REKLAMNÍ
PLOCHA
K NÁJMU
REKLAMA
V ÚROVNI OČÍ
SUBWAY
CHANGE

한 벤치에 앉아 커피 한잔을 들고 지나가는 사람들을 가만히 바라본다.
언제 어디서 다시 만날 인연일지 모르지만, 우리는 지금 이 순간을 함께 보내고 있으니까.

새벽이 아름다운 도시

프라하를 여행하는 중에는 3시간 이상 잠들지 못했다. 한국에서 보내오는 업무 메일에 답장을 해야 하는 것도 어느 정도 이유는 됐지만 진짜 이유는 따로 있었다. 이 도시를 감도는 묘한 흥분과 고유의 온도 때문에 나는 쉽게 잠들지 못했다.
낭만의 도시로 잘 알려진 프라하의 새벽은 낮과는 그 분위기가 전혀 달랐다. 새벽은 적막과 스산함으로 가득했다.
어쩌면 늦은 시간까지 눈 뜨고 있지 않았다면 이 도시의 두 가지 매력을 몰랐을 것이다. 그저 낭만의 도시라고만 생각했을 것이다. 잠 못 이룬 밤, 하얗게 밤을 지새우다 먼동이 터 오기 시작하면 가장 먼저 길을 나섰다. 프라하에서 가장 유서 깊은 화약탑에서부터 카를교까지 이어지는 넓은 구시가지에 나 혼자인 기분이 좋았다. 그곳에는 비둘기 몇 마리와 나처럼 잠을 설친 여행자들, 청소부만 드문드문 서 있었다.

천 년의 시간을 고스란히 담고 있는 작고 놀라운 도시 프라하. 고단한 여행자를 잠 못 이루게 하는 이 신비한 도시는 새벽마저도 찬란하고 아름다웠다.

서울역과 다를까?

어느 나라든 여행을 가면 습관처럼 하는 것이 있다. 스타벅스에 가서 컵을 사고, 기념품 가게에서 냉장고 자석, 스노 글로브를 사는 것처럼 말이다. 특별한 것은 아니다. 그저 우체국에 들러 엽서를 보내고, 현지인들이 가는 시장에서 음식을 먹어

WECHSEL
CHANGE
WECHSEL
OBMEH
CHANGE
CASINO
PRAHA
SPA
CASINO

City Elefant
KOLÍN
971 009-6
Praha
Praha

Rail
Gleis
5
kolej č.5
kolej č.4

OTEL
MIMO
ZÁSOBOV
17.00 – 8

보고, 기차역과 버스 터미널에 가서 멍하니 서 있다 온다. 현지인들에게는 일상적인 공간이 여행자에게는 낯선 분위기를 자아내기 때문이다.

'유럽의 기차역은 어떨까?' 하는 호기심에 마지막날 아침, 시내의 한 기차역으로 향했다. 프라하 근교로 나가려는 사람들로 기차역은 일찍부터 분주했다. 서울역과 별반 다르지 않았다. 플랫폼의 전광판은 낯선 체코어들로 가득했다.

하벨 시장

평일에는 주로 채소와 과일을 판매하고 주말에는 마리오네트와 글라스 등 각종 기념품을 파는 하벨 시장. 평일에는 장 보러 나온 사람들로 북적여 활기찬 모습을 볼 수 있다. 특히 시장으로 가는 골목골목의 색채는 참으로 아름다웠다.

시장 입구에서 파는 크루스타를 입에 묻혀 가며 먹으니 마냥 행복했다. 다 큰 어른이 그렇게 먹고 있는 모습이 신기했는지 사람들은 나를 빤히 쳐다보았다.

기념품으로 엽서와 자석을 사면서 한국에 있는 사람들을 떠올렸다. 선물을 주어야 할 사람들이 몇 명이더라. 그러다 회사 생각이 번뜩 났다. 휴가를 즐기는 와중에도 미운 사람들의 선물을 사야 한다니…… 이런 생각을 하고 있으니 나도 모르게 미간에 주름이 잡혔나 보다. 내가 고민에 잠겨 있으니 가게 주인 아주머니가 조용히 말씀하셨다.

- 뭐가 그렇게 고민이에요?

- 살까, 말까 고민이에요

- 그런 고민을 왜 해요? 그냥 편하게 생각해요. 살면서 선택해야 하는 것이 얼마나 많은데 그런 사소한 일에 인상을 찌푸려요. 내가 5코루나 더 싸게 해 줄게요

누군가 흘린 붉은 물감

프라하에는 높은 첨탑들이 많다. 축 늘어진 뱃살을 부여잡고 돌계단을 빙글빙글 올라가다 보면 도시의 전경이 한눈에 다 보인다. 그 풍경을 보고 있으면 '중세의 어느 미술가가 붉은 물감을 이곳에 실수로 흘린 것은 아닐까?'하는 생각이 절로 든다.
사진을 좋아해서 여행가기 전에 항상 다른 여행자들이 찍은 사진을 보고 어디를 갈지 찾아보는데 이곳에 오기 전에 꼭 가 보고 싶었던 곳이 바로 카를교탑의 전망대였다.
화장실이 급해 무작정 들어가 높은 계단을 따라 올라갔더니 그곳이 카를교탑의 전망대였다. 어떻게 찾을지 지도와 가이드북으로 수십 번도 더 본 곳을 이렇게 찾다니. 언제 다시 올까 싶어 바로 입장권을 샀다. 카를교 위는 인파에 밀려다니다시피 했는데 전망대에는 사람이 한 명도 없었다. 교탑 전망대에 나 혼자 서 있으니 마치 프라하 성을 지키는 근위병이 된 듯했다.

밑에서만 보던 첨탑들이 일렬로 서 있고, 프라하 성은 내가 벌린 팔만큼 드넓게 자리하고 있었다. 빨간 트램은 레고처럼 보였다. 이렇게 평소 보고 싶던 것, 예상치 못한 좋은 것을 보고 있으면 누군가가 생각나기 마련이다. 쿠스코에서 쏟아질 것 같던 밤하늘을 보면서도 그랬고, 길고 긴 프라하의 밤에도 그랬다. 연신 비가 내린 것은 야속했지만 그래도 좋았다. 여행지의 시간은 이렇게 샘이 날 정도로 빨리 지나간다.

짧은 봄 소풍을 떠나온 내게 선물 같은 도시였던 프라하. 서울로 돌아오는 비행기 안에서 문득 그런 생각이 들었다. 살다 보면 '이보다 더 좋을 수 있을까', '즐거운 일이 있을까' 하고 생각하게 되는데 그것은 어디까지나 내 몫이다. 여유는 통장 잔고에 0이 하나 더 늘어서 생기는 것이 아니라 생각의 크기, 마음의 크기가 결정한다는…….

PART 4

회사 생활 에피소드

여행지 에피소드

통장에 찍힌 월급

내 것이지만 내 것이 아닌 월급.

한 달 동안 일한 대가.

'참 잘했어요!' 도장은 없지만

그래도 이만큼 해내고 있다니

대견하다.

달력에 빨간색으로 칠한 것이

하나 더 늘어났을 뿐인데 어찌나 행복한지.

부장님은 자식들 봐야 해서 한숨

대리님은 애인 만날 생각에 들뜸

막내인 나는 늦잠 잘 생각에 기쁨.

따뜻한 말 한마디

- 고생했다
- 수고했어
- 잘했다

힘들긴 해도

일이 잘 끝났을 때

9-28
0070-10

돌아오는 칭찬과

뿌듯함이

나에게

5초간

행복을 준다.

조울증도 아닌데

갑자기 기분이 좋아진다.

실실 웃음이 나기 시작한다.

철거(슬레이트,텍스)
석면폐기물 운반,처리
031-872-8279

퇴근길
맥주 한잔

- 퇴근길, 맥주 한잔?

이 말이 어찌나 반가운지.

한잔은

어느새

두 잔이 되고

세 잔이 된다.

얼큰하게 술이 오르면
- 이놈의 회사 내가 진짜 아오!
- 당장 때려치우자!

그러면서도 나갈 때는
- 아 됐고, 내일 일찍 출근해야 해
- 그래, 다음에 또 보자

그렇게 우리는
내일 또 보겠지.

김밥
국수
오뎅
우동
김밥
국수
떡볶기
오뎅
우동

회사 생활 에피소드 6

정장에 구두를 신고

아이스 아메리카노 한 잔 들고 출근하는 길.

능력 있는 도시 여성처럼 보이고 싶지만 아직은 어설프다.

그나저나 회사 옆 빨간 지붕 카페의

잘생긴 아르바이트생은 어디로 갔을까?

한정판이라면 개똥도 살 나는
오늘도 한정판이라는 세 글자에 할부를 긁는다.
무슨 놈의 한정판이 이렇게도 많은 것일까.

내 인생이 한정판인데
어디에 투자를 하고 있는 것인지 모르겠네.

- 밥 먹었어?

- 네

- 아픈 데 없나?

- 네

- 힘들지 않아?

- 다 그렇죠

- 괴롭히는 사람은 없고?

- 애들도 아니고 무슨

- 돈 좀 아껴 써

- 네

왜 엄마 앞에서는 '네'밖에 모르는 바보가 될까.

퇴근길에 부는 바람

종일 앉아서

닭처럼 꾸벅꾸벅 졸다 보니

이른 더위에도

셔츠에 땀이 밴다.

평소보다

조금 이른 퇴근길

셔츠 깃을 간질이는 바람.

팔에 닿는 시원한 저녁 바람이 좋다.

먹으면 기분이 좋아지는 음식이 있다.

- 심장까지 파고드는 시원한 맥주
- 아침잠을 깨우는 아이스커피
- 처음에는 몰라도 먹다 보면 은근히 중독되는 탄산수
- 한낮의 졸음을 쫓는 초코 우유

내게는 크림치즈가 잔뜩 발린 베이글이 그렇다.

한 입 베어 먹는 순간

입가에 미소가 지어진다.

- 회의 중에 무슨 생각을 하길래 실실 웃나?

- 아, 죄송합니다

점심 때 베이글 먹을 생각에

나도 모르게 웃고 있었나 보다.

사람

퇴근길, 내가 좋아하는 떡볶이를 같이 먹어 줄 사람
퇴근길, 친구가 좋아하는 떡볶이를 살 수 있는 여유
좋아하는 사람들과 좋아하는 것을 나누기 위해
오늘도 하기 싫은 것을 꾹 참아 내고 있다.

이것도 어른이 되어 가는 과정 중 하나겠지…….

여행지

제주도

에피소드 1

한 걸음도 더 걸을 수 없었다

어느 추운 겨울, 마산에서 버스를 타고 서울로 올라왔다. 그날은 지금 생각해도 닭살이 돋을 정도로 추웠다. 나의 서울살이의 시작이었다.

재수와 삼수를 하는 동안 서울로 대학만 가면 성공할 것이라는 막연한 기대가 있었다. 서울은 내게 성공의 지름길이자 성공을 약속해 주는 절대적인 곳이었다.(가끔은 여기가 내가 생각했던 곳이 맞나 싶고 불시착 같기도 하다)

서울에 도착하자마자 20대에 꼭 하고 싶은 것을 적었다. 쓰고 보니 열 가지나 되었다. 적으면서도 이것들이 다 지켜질까 싶었지만 막연한 희망을 품었다. 그렇게 적은 종이를 꼬깃꼬깃 접어 지갑 한편에 지니고 다녔다.

그로부터 얼마나 지났을까. 여느 날과 다를바 없이 야근을 하다 맥주 한잔을 걸치고 집으로 가는 길, 신호를 기다리며 서 있

는데 이유 없이 눈물이 흘렀다. 정말 아무런 이유가 없었다. 날씨가 추워서 그런가 싶었는데 몇 번의 신호가 바뀌어도 길을 건널 수 없었다. 눈물이 차올라 앞이 보이지 않았다. 그 순간 보고 싶은 사람이 딱 한 사람 있었다.

할머니는 슈퍼우먼

지갑 한편에 꼬깃꼬깃해진 종이를 펴 보았다. 그때의 순수했던 마음도 같이 꼬깃꼬깃해진 듯해 다시 그 마음을 펴 보기로 했다. 20대가 가기 전에 내가 가장 하고 싶었던 것은 무엇이었을까. 종이를 보니 번듯한 직장, 결혼, 유럽 여행보다 먼저인 것이 있었다. 바로 '할머니와 여행 가기'였다.

직장 생활을 하다 보면 일상에서 참 많은 슈퍼맨들과 만난다. 나의 옆자리에도 슈퍼맨이 있다. 매일 아침 쌍둥이를 유치원에 보내고 오는 팀장님이 그렇다. 어려서는 몰랐는데 지금 생각해

보면 아이를 키운다는 것은 참 대단한 일이다. 회사에서 아이를 키우는 과장님, 차장님들을 보면 알 수 있다.

할머니는 나를 포함해 4명의 손녀들을 키우셨다. 그 노고가 회사의 과장님, 차장님들을 보면 새삼 느껴진다. 바쁘다는 핑계로 내게 가장 소중한 것을 잊고 산 것은 아닌지 생각해 본다.

처음에는 할머니와 여행 가는 것을 마냥 단순하게 생각했다. 그저 젊은 사람들이 훌쩍 떠나는 것처럼 비행기 표를 끊고 숙박을 예약하면 된다고 생각했다.

하지만 내가 커 온 시간만큼 나이 드신 할머니는 생각보다 건강이 좋지 않으셨다. 누가 옆에 없으면 오랫동안 걸으실 수도 없었다.

그런 할머니를 모시고 여행을 가겠다고 했을 때 예상치 못한 난관이 하나 더 있었다. 할아버지였다. 할머니가 계시지 않으면 할아버지 식사는 누가…… 한 사람의 부재가 이렇게 집안

전체를 마비시키는 것을 보면 할머니의 존재감은 예나 지금이나 대단했다.

원래는 할머니가 키워 주신 손녀들과 다 같이 여행을 가려 했지만, 결국 고모 두 분과 할머니, 나 이렇게 넷이서만 여행을 떠나게 되었다.

플랜 Z를 준비해도 모자라

할머니와 여행 가기로 한 날짜는 점점 다가오는데 떠나기 직전까지 야근을 하다 보니 그냥 쉬기만 해도 좋겠다는 생각이 들었다. 가족 여행을 준비할 때는 특별한 것을 계획하기보다는 유명 관광지 위주로 동선을 짜면 편하다. 퇴근 후 지친 몸을 이끌고 노트북을 켜 엑셀 파일을 연다. 10분의 오차도 없이 일정표를 만들어 낸다.

여행 첫날 '웰컴 투 팔팔한 김 여사의 팔순 여행'이라고 현수

막이라도 만들어 들고 있으려 했는데 비행기가 지연되었다.

혹시 할머니가 나를 너무 오랜만에 봐 좋아서 눈물이라도 흘릴까 봐 걱정했는데 괜한 걱정이었다. 보자마자 첫마디는 나의 예상을 보기 좋게 빗겨 갔다.

- 배고프다

미리 알아본 음식점은 갑자기 휴무. 배고프면 예민해지는 것은 나이가 들어도 똑같다.

생각보다 비싼 입장료를 내고 들어간 공원에서도 10분을 채 보지 못하고 지치셨다.

- 할매, 여기 입장료가 을마나 비싼데. 좀 더 보자

- 할매 힘들다

- 할매, 그럼 여기서 나랑 투명 카약이라도 타자

- 못 탄다. 무습다

- 할매, 진짜……

하자는 것마다 힘들다고 하는 할머니가 어찌나 야속하던지 나도 모르게 서운함을 내색하고 말았다. 그때 굽은 등을 보이며 돌아서는 할머니의 모습에 내가 또 욕심을 부렸다는 생각이 들었다. 지금 이 순간, 할머니와 함께하는 이 모든 순간이 소중함을 나는 미처 생각하지 못했다. 그래서 일정표를 버리고 먹고, 또 먹기만 했다.

녹차 라떼보다 경화시장의 다방 커피가 더 맛있다는 할머니. 드라마 할 시간이 되면 모든 일정을 중단하고라도 꼭 보셔야 한다는 할머니. 아침잠이 없으셔서 그런지 눈만 뜨면 숙소 밖으로 나가 동네 할머니들과 수다를 떨고 계시던 할머니.

오후만 되면 숙소로 돌아가 발 뻗고 쉬어야 했지만, 그래도 좋았다.

아름다운 소풍

휴가 중에도 이메일 체크는 필수였다. 해안 도로를 달리다 급하게 멈춰 서서 중간에 보고서를 고치는 나를 보며 할머니가 그러셨다.

- 여기까지 와서 일을 또 하냐?

- 일을 해야 할매를 데리고 또 여행을 오지

- 그래, 그럼 두 배로 해라. 열심히 해라. 할매 배고프다

결국, 미리 짜 간 일정표의 10퍼센트도 소화하지 못했지만 오래오래 기억에 남을 특별한 여행이었다.

쳇바퀴처럼 굴러가는 일상이 지겨워도, 상사의 구박에 피가 거꾸로 솟는 것 같아도, 업무 스트레스로 진저리가 나도 사랑하는 사람과 함께하는 기쁨이 있어 버틸 수 있다. 견딜 수 있다. 여행 중에 그런 생각이 들었다. 효도는 언제 해도 결국은 늦기 마련이다. 짧은 여행이라서 죄송했고, 더 일찍 오지 못한 것이

바다가
참 아름답다
보고싶다...

내내 마음에 걸렸다.

가끔은 자신에게 소중한 것이 무엇인지 뒤를 돌아볼 필요가 있다. 오늘의 소풍이 할머니에게 있어 가장 즐거운 소풍이 되었으면…… 눈감으시는 그날까지.

가족 여행 팁

- 음식점 휴무가 일정하다고는 하지만 혹시 모르니 주변의 음식점을 몇 군데 더 알아보는 것이 좋다.
- 가족끼리 한 방에 있는 모습이 왠지 어색할 것 같다면 숙소에 텔레비전이 있는지 확인하자.
- 인적 드물고 남들 모르는 명소보다는 사람들이 많이 가는 명소 위주로 다니는 것이 마음 편하다.
- 할머니, 할아버지를 모시고 간다면 다니는 중간중간에 쉬실 곳이 필요하니 가급적 숙소는 관광지 주변으로 찾아보자.

여행지

인도

에피소드 2

불행 중에도 다행은 있다

재수, 삼수 시절, 왜 그랬는지는 모르겠지만 그때는 서울로 대학만 가면 무조건 성공할 것이라고 믿었다. 늦바람이 무섭다고 했던가. 늦게 시작한 공부에 잘하지도 못하면서 분수도 모르고 욕심만 가득했다. 결국, 나는 삼수라는 긴 고행 끝에 남들 눈에 그럴 듯해 보이는 대학에 진학하게 되었다.

시골에서 서울로 대학을 오니 주변 환경부터가 달라졌다. 특히, 친구들이 사는 세계와 내가 살던 세계가 다르다는 것에 적지 않은 충격을 받았다. 누구네 아빠는 의사고, 교수라던데…… 하면서 비교하기 일쑤였다. 엎친 데 덮친 격으로 나는 실연까지 당했고 그 무렵에는 사람들조차 싫어졌다.

그렇게 세상과 멀어질 무렵, 우연히 시작하게 된 사진과 인도에서의 봉사 활동은 내 삶의 전환점이 되었다.

স্কুলভ্যান
SHIS·SHISHU·BIKASH·ACADEMY
-1999-
BHANGAR 24 PGS(S)
SHIS

느려도 웃는 사람들

당시 나는 인도의 콜카타 근처에 있는 한 기관에서 봉사 활동을 하게 되었는데, 활동 시간 외에는 길거리를 다니며 자유롭게 사람들을 만나고 사진을 찍었다.

그때, 매일 아침 숙소 앞에서 마주하게 되는 풍경이 있었다. 아침부터 다들 어디를 그렇게 가는지 작은 트럭에 사람들이 참 많이도 타 있었다. 그런데 놀랍게도 얼굴을 찡그리거나 불편한 기색을 보이는 사람은 단 한 명도 없었다. 좁지만 다 같이 가기 위해 서로를 배려하고 있었다. 같이 타고 갈 수 있음에 감사하고 있었다.

문득, 서울에서의 생활이 떠올랐다. 지하철에 사람이 많다고 투덜대기만 했던 나. 조금 느려도 웃고 불편해도 웃는 그들을 보며 그동안 나는 잘 지낸 것이 아니라는 생각이 들었다.

한 번은 이런 일도 있었다. 버스를 기다리는데 한참이 지나도 오지 않아 맞지도 않는 시계를 계속 쳐다보았다. 그때였다.

- 어차피 올 텐데 뭘. 조금만 더 기다려

답답하다는 마음이 얼굴에까지 드러났나 보다. 아저씨의 말과는 달리 버스는 끝내 오지 않았다. 짜증 가득히 릭샤에 올라타니 이런 내 마음을 알았는지 시원한 바람이 불어왔다.

- 아저씨, 조금만 천천히 가요

나도 모르게 그렇게 말해 버렸다.

40도의 더위

4월, 인도 캘커타의 날씨는 40도가 넘는다. 태어나 그런 더위는 처음이었다. 봉사 활동을 하러 가려면 숙소에서 20분 정도를 걸어가야 했는데, 도착하면 땀이 비 오듯 쏟아졌다. 그때는 그래도 좋았다. 온몸이 땀으로 범벅이 되어도 나를 기다려 주는 SHIS의 아이들이 있어서.

NARAYANI MARBLE

인도를 기억하는 법

여행을 가면 간판이나 낯선 풍경이 보이면 사진기부터 들게 된다. 특히, 일상적인 사진을 찍을 때는 사람을 먼저 보게 된다. 언어가 달라도 사진에 찍히는 사람들의 표정을 보면 당시의 생각이나 감정이 느껴진다. 인도에서 찍은 사진들을 보고 있으면 풍경보다 사람이 먼저 다가온다.

인도에서의 짧은 여정은 열등감과 불만으로 가득 찬 내 인생에 많은 변화를 가져다주었다. 사실, 나는 여행이 삶의 많은 부분을 바꿔 준다고 생각하지 않는다. 그 순간의 감동은 오래 가지 못하는 것을 알고 있기 때문이다. 그래서 나는 그때 그 순간이 무척 그립다. 비록 짧은 순간이었다 하더라도.

다시 간다면

그때의

그 냄새

그 모습

그 느낌

그대로

온전히 느낄 수 있을까.

수고했어, 오늘도

초판 1쇄 발행 2016년 7월 25일
초판 3쇄 발행 2017년 3월 17일

지은이 엄지사진관
펴낸이 박세현
펴낸곳 팬덤북스

기획위원 김정대 · 김종선 · 김옥림
편집 김종훈 · 이선희 · 이시은 · 이단비
디자인 강진영
영업 전창열

주소 (우)03966 서울시 마포구 성산로 144 교홍빌딩 305호
전화 070-8821-4312 | **팩스** 02-6008-4318
이메일 fandombooks@naver.com
블로그 http://blog.naver.com/fandombooks

등록번호 제25100-2010-154호

ISBN 979-11-86404-63-8 03810